淘气鬼与糖果灾难

淘气鬼学校

SOS

四处 胡闹!

淘气鬼 捣蛋鬼

[澳]卡梅伦·斯特尔泽 著　张彦希 译

时代文艺出版社

图书在版编目（CIP）数据

淘气鬼与糖果灾难 / (澳) 卡梅伦·斯特尔泽著；
张彦希译. -- 长春：时代文艺出版社，2021.12
书名原文：Scallywags and the Candy Catastrophe
ISBN 978-7-5387-6923-4

Ⅰ.①淘… Ⅱ.①卡… ②张… Ⅲ.①儿童小说－长
篇小说－澳大利亚－现代 Ⅳ.①I611.84

中国版本图书馆CIP数据核字(2021)第183691号

Scallywags and the Troublesome Treasure, Scallywags and the Candy Catastrophe
First published by Daydream Press, Brisbane, Australia, 2018
Text and illustrations copyright © Dr Cameron Stelzer 2018
The simplified Chinese translation rights arranged through Rightol Media
（本书中文简体版权经由锐拓传媒旗下小锐取得 Email:copyright@rightol.com）
吉林省版权局著作权合同登记 图字：07-2021-0148号

淘气鬼与糖果灾难
TAOQIGUI YU TANGGUO ZAINAN

[澳]卡梅伦·斯特尔泽 / 著　张彦希 / 译

出 品 人：陈　琛
责任编辑：曾艳纯
内文插图：[澳]卡梅伦·斯特尔泽
装帧设计：青空工作室
排版制作：毛倩雯

出版发行：时代文艺出版社
地　　址：长春市福祉大路5788号　龙腾国际大厦A座15层 （130118）
电　　话：0431-81629751（总编办）　0431-81629755（发行部）
网　　址：weibo.com/tlapress（官方微博）　sdwycbsgf.tmall.com（天猫旗舰店）
开　　本：880mm×1230mm　1/32
字　　数：137千字　　　　　　印　　数：8000册
印　　张：9.75
印　　刷：三河市万龙印装有限公司
版　　次：2022年1月第1版
印　　次：2022年1月第1次印刷
定　　价：28.00元

图书如有印装错误　请寄回印厂调换

这本书属于

_____

我是：小仙女 ○

男子汉 ○

我是：淘气鬼 ○

艺术家 ○

美食家 ○

说唱者 ○

鲨齿岛

哦，欢乐的人们快过来，
哦，都朝我这边聚过来。
我这里有最美味的糖果盛宴，
一会儿你们就会看见。

"这都是什么？"我听见你们说，
"这些奇妙的东西都是些什么？"
一堆美味可口的糖果，
里面有惊喜等着你去发现……

——"香蕉皮"本尼
海边小屋的痞子说唱歌手

"香蕉皮"本尼
海边小屋的痞子
说唱歌手
海上黑猩猩

嗯……
派好吃!

"钩手"霍勒斯
爱吃派的老鼠

"嘎嘎叫"先生
跳板守护者

主要角色

"淘气鬼"麦克斯鲁夫
狗

费莉希蒂·弗里克
害怕坏天气
爱吃鱼的猫咪

其他
学生角色

"慢性子"萨缪尔
爱犯困的水手

优等生
诺拉·尼布尔斯沃斯
兔子海盗

"薯条爱好者"
搞笑的海鸥

"海底章鱼"欧文
海盗（因为它有八条腿）

目录

口香糖球与炮弹

我猜，你一定喜欢糖果吧，对吗？

丝滑的巧克力块，美味的棒棒糖，好吃的软糖，还有各种甜品，在你的嘴里，慢慢融化，啊，好享受！

那蛋糕呢？谁能抵挡住一大块美味生日蛋糕的诱惑？

"好喜欢！"

特别是那种覆盖着一层彩虹般糖霜的蛋糕，上面还有几滴生日蜡烛融化后掉下来的蜡液？

好美味！

那么，如果你喜欢吃美味的甜品的话，你更应该过来听听我的这个小故事。这是一个关于糖果是如何救了我一命的故事。

我知道这听起来很荒唐，但这是真的。糖果确实救了我一命。

当然，我说的不是名叫"糖果"的漂亮母狗。我说的是真的糖果：各种口味的糖果和一大堆美味的蛋糕。

现在，你的脑海里估计会浮现出一个声音（大有可能是你妈妈的），不停地告诉你，读这本书是不好的选择，你应该赶紧放下，然后去刷牙，或者多去吃些蔬菜，或者去翻翻百科全书，看看哪些食物才是健康食物！

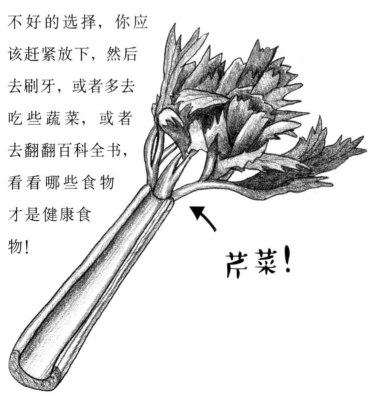

芹菜！

但是，如果你亲爱的妈妈认为，这本书会让你满脑子都是独角兽软糖、云朵棉花糖和巧克力酱姜饼屋，那她就大错特错了。

虽然，公平地讲，这个故事里面的含糖量确实挺高的，更不用说还有一些人工色素和香精了，任何孩子看到这些都会为之疯狂的。

抱歉了，妈妈们。

但是，还有比这更糟的。这故事里还有发霉的卷心菜和蔫儿掉的莴苣叶。谁会爱读关于发霉的蔬菜沙拉故事呢？哦，等一下，我刚刚把下一部的故事情节不小心说漏了……

也许我应该把故事介绍省略掉，然后开门见山地开始讲故事。

这是一个狂风肆虐的星期三。每周三是淘气鬼学校的课外活动日，也是一周中最危险的一天。我们经常会在这一天，看见某些学生因为弄掉一根手指或者重度烧伤而被送去医务室。

在大多数学校里，PE 的意思是体育教育课程。但在淘气鬼学校里，PE 代表"海盗极限运动"。

或者，正如我们校长喜欢说的："海盗，啊啊啊，就是要做极限运动！"

简单来说，星期三就是我们一群新手海盗通过做极限运动训练，来挑战自我极限的日子。

主要的一些运动项目包括：徒手格斗——需要把尖锐的蔬菜当剑使用；平板跳水——水里有一群

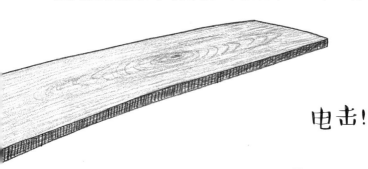

电击!

带着一百万伏特电量的电鳗，等着攻击那些可怜的跳水运动员……

死亡能量

5

球——足球的一种，包括一颗非常坚硬的球，还有很难的抢球技术……还有每个人都喜欢的项目——大炮射击。

　　大炮射击场是一个大型的木质运动场地，坐落在学校最高的塔上，看起来尤为突出。一排靶子被整齐地放置在射击场的另一端，正好避开了校长最喜爱的天空号轮船的位置。这样一来，射偏了的炮弹就可以直接越过靶子，坠落到数百米之外的海里。

"这可不是晚餐啊!"

小心
鲨鱼出没!

天空号轮船

大炮射击场

天空号轮船是一艘单桅海盗船，被放置在了塔顶上。这里也是冯铁心校长的住所。站在船的甲板上，这只凶猛的大灰熊就可以俯瞰整个淘气鬼学校。

淘气鬼学校里最能说的"香蕉皮"本尼和"钩手"霍勒斯一起讨论过一个坏点子，那就是把这艘船绑在一个巨大的热气球上，然后把校长送往一个遥远的地方，让他永不再回来。

可惜的是，五金店里面的大型热气球还没有到货。

他们的预备方案包括用龙卷风和三百只训练有素的鹳鸟。

我觉得，他们应该还在等热气球到货吧。

霍勒斯曾经是一名出色的大炮射击手，他之前就在老鼠派海盗船上当过海盗，之后在被一只海盗猫咬掉一只手掌后，才被送到学校里来休养。

然而，他的新钩手用起来却很困难，特别是在点燃导火线的时候。

　　"这可恶的钩手，就像发霉的派！"当风把他点燃的火柴从他手里吹跑后，他叫道，"这已经是我今天一下午浪费掉的第十五根火柴了。"

　　"别抱怨了，霍勒斯，""香蕉皮"本尼用他那浓重的丛林口音说道，"你就打了三次，每次都能击中靶心。'淘气鬼'试了十几次了，连靶子都没打中过！"

"谢谢你提醒我啊。"我抱怨道，顺便抓紧了我的报纸帽，以防它被风吹走。

"我敢肯定，'淘气鬼'有其他擅长的运动项目，"弗里克一边打哈欠，一边说道，"比如说寻回棍子之类的物品什么的……"

我循着声音望了过去，看见害怕坏天气的费莉希蒂·弗里克正躺在一堆炮弹上，昏昏欲睡。这天天气晴朗，所以这只黑猫不用承受坏天气综合征的痛苦了，这是一种奇怪的疾病，会让她在下雨天时极度烦躁。

本尼躺在她的旁边，一身痞子风打扮，他把这些炮弹当作羽绒床一样躺着。

弗里克和本尼很少上体育课。弗里克更喜欢在她的水彩画册上作画，而本尼则更喜欢以我们的运动失败经历为素材，创作说唱歌曲。

其实，这只善良的黑猩猩，有时候也会说一些

励志的话。

"如果从恶霸手中逃脱算是一项奥运会体育项目，那我们亲爱的朋友'淘气鬼'麦克斯鲁夫，绝对会赢得金牌，并且创造世界纪录，"他大声说道，"你们真应该去看看，当'大嘴怪'乔波想要咬掉他的尾巴时，他是怎么从那只可恶的鳄鱼手里逃跑的。"

我低头看了一眼我粗壮的尾巴，然后打了一个激灵。

"没错，"霍勒斯一边说，一边把另一根火柴扔在了地上，"那就像是看着一只猎豹，正在被大炮射击一样。"

从旁边的炮筒那里传来一声巨大的喘气声，这时我才意识到，大炮射击场里除了我们，还有别人在。

"麦克斯鲁夫已经成为历史了！""大嘴怪"乔波沙哑的怒吼声传来了，他是这所学校里最大的恶霸。

我一抬头，就看见这只巨大的咸水鳄在盯着我看。他的旁边还站着温迪·维普通，一只喜欢发出刺耳尖笑声的鬣狗。

还有德鲁奇奥·达席尔瓦，他是一只相貌英俊的大灰狼，但是心地却并不善良。

"我踩到一根香蕉皮滑倒了，然后撞上了一个垃圾桶，这才发现了这只臭狗的踪影。"乔波向他的朋友们吹嘘道。

"哎哟，"本尼一边说，一边咧着嘴笑道，"我还正想着那根香蕉皮去哪儿了呢？"

"哼，它正躺在老师的办公桌上呢，你想去认领吗？"乔波也咧嘴笑道，"看样子，某些人要被抓去关禁闭了，因为他乱扔垃圾！"

突然间，本尼在他的炮弹床上开始感到不安了。

这就是"大嘴怪"

乔波最坏的地方。他不仅是个恶霸，还是个狡猾的恶霸。每次他做的坏事，都能被他怪罪到另一个人头上。

在周三的课外活动日，也不例外。

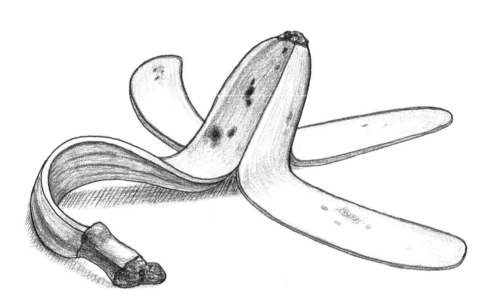

旋转练习

在经过了二十二次失败的尝试之后，我终于射中了靶子，我的朋友们给我鼓起了一阵掌声。

咚！

17

霍勒斯还是无法点燃他的炮筒导火索，他决定用脚指头代替他的钩子，再次尝试。

他用一只脚站立，然后用另一只脚点燃了火柴，将腿伸向炮弹的导火线。

"你就保持住这个姿势别动，好吗？霍勒斯？"弗里克一边说，一边拿出了她的水彩画册。"用这个姿势画一幅肖像画，应该会很不错。"

霍勒斯瞬间分心了，失去了注意力的他不小心把火柴弄歪了，把裤子点燃了。他赶忙躺在地上，打了好几个滚儿，试图把火扑灭，然后喊道：

"好烫！

好烫！

好烫！"

我赶忙跑去帮忙，我用我的报纸帽扑灭了他身上的火焰，但我的帽子却在救援中被点着了。

"哼！"弗里克一边抱怨着，一边放下了她的笔。"我本想画一幅肖像画，看看我画出来的是什么——一个烧焦的老鼠屁股，坐在一顶燃烧的海盗帽上！这种作品叫我如何获奖？特别是当安东尼奥·安东尼乌斯作评委的时候。"

"学校的艺术大赛快开始了吗？"我一边问，一边迅速将昨天的旧报纸塞进霍勒斯的炮筒里，希望垃圾监督员诺拉·尼布尔斯沃斯不会发现。

"不是的。"弗里克一边回答，一边把那页纸撕下，揉成一团，然后扔进了霍勒斯的炮筒里，这个炮筒很快就变成了一个垃圾桶，"春天游乐场就在这周末开业，著名画家安东尼奥·安东尼乌斯应邀成为游乐场艺术大赛的评委。如果你在幼儿园涂鸦墙上看到了一幅杰作，那肯定是安东尼奥·安东尼乌斯画的。"

"等一下！"霍勒斯惊呼道，然后朝半空中一跃而起，露出了裤子上被烧焦的两个大黑洞。"你

幼儿园涂鸦墙!

刚才是说春天游乐场吗？"他朝本尼使了一个充满怨气的眼神，说道，"为什么没人告诉我？我最喜欢春天游乐场了。特别是可以坐恐怖过山车！"

"又来了，"本尼抱怨道，然后把他的头丧气地埋进了双手中。"就不能保密一下吗？这下可好，接下来的三天里，霍勒斯要一直说那个讨厌的恐怖过山车，没完没了了。"

"嘿！你跟我一样，也很喜欢坐啊。"霍勒斯大喊道。

"是的。"本尼承认道，顺便拉了一下他的假眼罩，"但我不会二十四小时喋喋不休地讨论它。"

"我没有喋喋不休！"霍勒斯反驳道，"我说的都是有意义的话。"

"哦，什么时候废话也变得有意义了？"本尼指责道。

霍勒斯扬起头，说道："那好吧，我要和其他想听的人讨论。你别指望在恐怖过山车上跟我坐在一起了，本尼。我们在春天游乐场一起游玩的日子结束了！"

21

本尼只是耸了耸肩，然后从一个写有"火药"一词的袋子里，拿出一根香蕉。

"嘿，弗里克，"霍勒斯说道，"你想听听这个特别酷的游乐项目——恐怖过山车吗？"

"并不想，"她说道，"我只想躺在太阳底下，听我自己的呼吸声。"

"哦。"霍勒斯有点儿失望地说道，"那你呢，淘气鬼？"

"可以啊。"我说道，我并不想显得不礼貌，"我想听听。"

霍勒斯背对着本尼和弗里克，开始说了起来："恐怖过山车是春天游乐场里面最刺激的项目了！"

"那肯定啊，"本尼在他的身后抱怨道，"'恐怖过山车'可不是白叫的。"

"别再废话了！"本尼怒气冲冲地说道，"我们正在讨论呢。"

"随便你。"本尼一边说，一边剥了一根香蕉，然后躺在了一堆炮弹上。

"总而言之，"霍勒斯继续说道，"恐怖过山车的设计者是著名的探险家安索·温特巴顿，他来自我所居住的小岛。

"他把在旅途中见过的所有恐怖的事情，都加在了这个过山车的元素上。幸亏他是一只老鼠，而不是一只长颈鹿，因为恐怖过山车是唯一适合我这个身高的项目。"

他假装抹了一下眼泪，然后抽了一下鼻子，说道："春天游乐场对我真的不公平，我连里面最矮的茶杯车项目都够不着。"

"哈，得了吧！"本尼嘲笑道，"茶杯车就是为婴儿设计的。"

霍勒斯没理他，而是接着说道："你想象一下，'淘气鬼'。你在过山车上，正在过一个巨大的斜坡，你的周围都被火圈围绕。然后突然间，你就坠入了侏罗纪森林，巨大的恐龙头骨正准备咬掉你的脑袋。"他模仿着霸王龙的样子，发出了一声怒吼："嗷呜！"可不幸的是，这让他看起来像是一个便秘患者。

"下一站就是暴风雪山，山坡上狂风肆虐，里面还有很多可怕的冰河时代生物。"

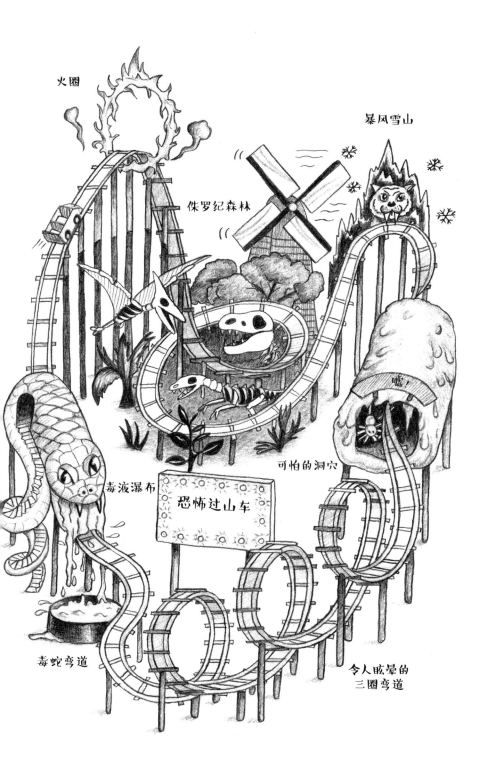

"这辆过山车在暴风雪山那里并不会停下，"本尼说道，"只是在它经过山坡的时候，会看到一些这样的场景。"

"嘿！是我在讲这个故事！"霍勒斯生气地说道。他转向我，重复着本尼的话："这辆过山车在暴风雪山那里并不会停下，只是在它经过山坡的时候，会看到一些这样的场景。"

本尼翻了一个白眼，然后把他那沾满火药的香蕉皮扔进了霍勒斯的炮筒里，顺便还扔了一些其他垃圾。

"从山顶上接着往下，"霍勒斯接着说道，"你会穿过可怕的洞穴，然后进入令人眩晕的三圈弯道——这是世界上最刺激的连环弯道。通过第三个弯道后，你会到达毒蛇弯道，在这里，你会经过一个不可思议的急转弯，然后就会穿过毒液瀑布，这就是过山车的最后一站。"

"这听起来太刺激了，"我说道，"但我不确定我能不能受得了那些连环弯道。我坐过山车的时候，都会感到一阵眩晕。"

"哈，你会没事的，"霍勒斯不屑地说道，"你只是需要多加练习就好了。"

　　"多加练习？"我疑惑地问道，"面对一次疯狂的过山车之旅，我要怎么练习？"

　　"很简单啊。"霍勒斯一边说，一边旋转了一圈他的钩子，"主要是旋转练习。只要你每天多做旋转练习，到了春天游乐场开业那天，你就什么都准备好了！"

　　"你的训练方法被实际验证过吗？"弗里克怀疑地问道。

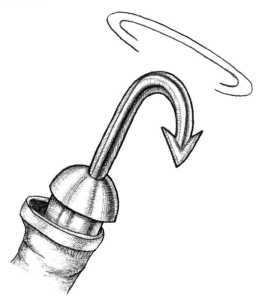

"霍勒斯所说的话，都没有被实际验证过。"本尼抱怨道。

"那就让训练结果证明一切吧。"霍勒斯辩解道，并从他的炮筒那边走了过来，说道，"过来，'淘气鬼'，我给你演示一下该如何操作。"

我不太情愿地朝他身边走去。

我跟着他一起做动作，但是并不像芭蕾舞者做得那么优雅。

"现在，开始旋转。"霍勒斯一边说，一边开始转了起来。

"像芭蕾舞者一样旋转，

就像置身于龙卷风中，

千万别停下！"

我已经顾不得脸面了，开始跟着他一起旋转。

我听到一阵极其刺耳的嘲笑声，原来是温迪·维普通的声音："哈，哈，哈。"这时我才意识到，我们看起来是有多么滑稽可笑。我们就像两个装扮成海盗的喜剧演员，在海盗极限运动日跳着芭蕾舞。

我到底在想什么？

"接着转呀，"霍勒斯说道，他已经在以两倍的速度旋转了，"恐怖过山车上可没有暂停按钮。"

我又开始一圈又一圈旋转，每转一圈，都感到越来越晕。

从温迪的笑声分贝来看，我看起来肯定更像是一个试图抓住自己尾巴的、傻乎乎的乡巴佬，而不是一个世界级的芭蕾舞者。

本尼决定为我们的舞蹈配上一些海边小屋说唱歌词。

哦，告诉我，
你晕不晕？
转来转去，
你晕不晕？

你的脚步，
飞快转动，
就像光环，
快速转动。

那些穿裙子的
芭蕾舞姑娘，
也没有你们
转得那么快速。

因为你们就像是，
恐怖的旋转机，
一直转呀一直转，
一整天不停歇！

　　我感到我的身体左摇右摆，笨拙又可笑，我发现我连一分钟都撑不下去了，更别提一整天了。

　　我挣扎着，想要保持平衡。

　　但是，眼前的一切开始变得模糊……

　　就在这时，我以为我要重重地晕倒在地之时，我听到诺拉·尼布尔斯沃斯的喊声："校长出来了！

校长出来了！他在天空号轮船上监视着我们呢。所有人，赶快去你们的炮筒那里，快！"

"校长出来了！"

一切上升的物体，都会因重力而下降

慌张之中，我拖着摇摇晃晃的身躯，向我的炮筒方向走去，我感到眼前还是一片模糊。

我伸出手，紧紧抓住炮筒，才使自己的身体彻底停下来。但是在我眼前，整个世界还是不停地旋转。

别说重影了，我现在看东西至少有六重影子——

我看到好多个弗里克的影子，还有本尼，他经过我身边，直接向空炮筒冲去。

我看见霍勒斯用门牙咬住火柴，一边旋转一边试着点燃它。结果他第一次尝试，就成功地点燃了火柴。

"学生们看起来很活跃嘛！"冯铁心校长站在天空号轮船的甲板上，大声说道，"我倒要看看这些讨厌的小家伙有什么本事。"

"鼻涕虫，小蜗牛，小狗尾巴摇一摇。"我在心中默念道。

"等一等，这么说可一点儿都不酷。"我心想，"首先，我像个芭蕾舞蹈演员一样，在那儿跳来跳去，现在我又在念儿歌里的歌词。作为一个海盗，这样成何体统？"

我决定好好想一句话，来回应校长。

"大家都准备好，听我的命令，然后开炮！"校长命令道。

我还抓着炮筒，艰难地支撑着眩晕的身体，然后笨拙地点燃了一根火柴，等待校长发号施令。

在我身旁的霍勒斯，还在晕晕乎乎的状态中，他甚至连话都说不清了。

"不是……我……她……和我……"他语无伦次地嘀咕着什么。

当我的视线终于清晰了之后，我看了看四周，然后才发现，好像有什么不对劲儿的地方。

霍勒斯的炮筒并没有指向靶子，而是直勾勾地指向空中。

这时，我才看见乔波快速退到了他的炮筒旁，他的脸上掠过一丝邪恶的微笑。随着校长一声令下："开炮！"霍勒斯的炮弹像火箭一样发射了出去，直直地射向了空中。

"重力啊，保佑我们！"我喘着粗气说道，顺便回忆起了一个我所知道的、真实的科学理论："一切上升的物体，都会因重力而下降。"

我试着大喊起来："跑啊！"但是这发炮弹的轰鸣声，远远盖过了我的吼声。

我手里还拿着已经被点燃的火柴，抬头看见那个模糊的黑点越变越小。

有那么一瞬间，我还以为那个黑点会彻底消失在蔚蓝的天空中。

轰隆！

但是紧接着，它就开始越变越大，大炮弹开始以可怕的速度朝地面下降。

没什么能够阻挡得了它。

除了——另一颗炮弹。

这个想法突然出现在我脑海里，就像一颗炮弹砸中了我的脑袋一样。

我的大炮已经上膛了，正准备发射。我手里甚至还有一根已经被点燃的火柴。

那我还在等什么呢？

"这是常识啊，你这个大傻瓜！"我脑海中有一个声音说道，"你连一个静止不动的靶子都射不中，更别提一个快速下降的炮弹了。"

我脑海中的这个声音说得是对的。我能击中一个快速下降的炮弹的概率，只有一亿分之一。鉴于我目前眩晕的状态，恐怕只有两亿分之一了。

我的目光仍旧锁定在那个下降的物体身上，然后快速冲向霍勒斯，我跑的时候，把火柴顺便也熄灭了。

"聪明的小伙子。"我脑海中有个声音说道。

大风从东方猛烈地吹来，将大炮的烟吹向了天空号轮船的方向。冯铁心校长此时应该看不清下面的情形了，我趁机抓住霍勒斯的炮筒口，将炮筒对准了靶子的方向。

"你在……做……做什么呢？"霍勒斯疑惑地嘀咕着。

"我在防止另一场灾难发生。"我一边说，一边抓起他的钩手，把他拖离了危险区域。

幸运的是，炮弹在大风的作用下，已经偏离了方向，不再朝着大炮射击场的位置坠落。

不幸的是，炮弹现在朝着校长最爱的天空号轮船方向坠落了下去，可怜的校长。

接下来是一阵震耳欲聋的碎裂声，随着炮弹直接砸到了船尾的甲板上，甲板犹如纸片一样被炸得稀碎。

不一会儿，当炮弹穿过校长办公室时，我们听到一阵"噼里""啪啦""嘭嘭"的声音。

紧随其后的，是一阵巨大的"轰隆"声！

在校长办公室里，一颗巨大的火球爆炸了，它将窗户击碎，把玻璃碎片炸得四处飞溅。校长此时正躲在桅杆后面，寻求掩护，在他四周，各种成绩单和处罚名单像雪花一样纷纷坠落。

"湿漉漉的小狗饼干呀，"我惊呼道，并抬头望向这个曾经样貌壮观的船身，"这颗炮弹真的是炸毁了一切啊！"

霍勒斯此时终于能正常说话了，但是他完全没有意识到自己闯下的大祸，他转过身来问我："'淘气鬼'，这回，我是不是又射中靶心了？"

"呃，不是的，霍勒斯。"我一边说，一边试着抓住他，让他彻底站稳，"你这次，偏得有点儿离谱了。"

浓烟慢慢消散，我看到校长从栏杆边艰难地站了起来。

"真是倒霉透了！到底是哪个熊孩子干的？"他一边怒吼道，一边拍了拍身上的余火，将其扑灭，"我要把你尾巴上的毛都拔光！你听到了吗？我要用你的皮做成皮鞋！我还要用你的皮做成皮

包——男士皮包。这种男士皮包上面有一个巨大的扣子，还有一根厚厚的肩带。"

下面的学生们脸上是一片茫然无辜的表情。

霍勒斯显然不知道是自己发射的炮弹，乔波当然也不会承认他在炮弹上动了手脚，因为他想为踩在香蕉皮上滑倒的事情报仇。

校学生会会长诺拉·尼布尔斯沃斯，不仅仅是垃圾监督员，也是淘气鬼学校里最爱管闲事的家伙，但她好像也没有看到整个事情的经过。或者，也许是她听到校长的恐吓后，决定闭口不说。

总而言之，由于所有炮筒都回归了原位，所以根本没办法证明谁是罪魁祸首。

有那么一刻，我本想将事情的原委告诉校长。但是随后，我就意识到，我指控乔波的话，冯铁心校长可能不会信，他更有可能会相信乔波，而且概率是十分之九。

我所说的十分之九这个概率，还包括一种情况，那就是校长可能根本不会听我们解释，而是直接用摔跤的方式定胜负。乔波可是岛上最强的摔跤

44

校长的包袋

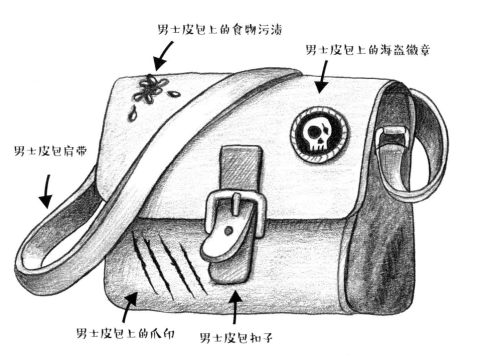

男士皮包上的食物污渍

男士皮包上的海盗徽章

男士皮包肩带

男士皮包上的爪印　男士皮包扣子

手，这对我们的处境并没有任何帮助。

我最终说服了我自己，因为可能过个一两天，大家就把整个事情都忘记了，所以我决定闭口不提，然后等着被解散，然后去喝下午茶。

"你们这些讨厌鬼，可以解散了！"校长怒气冲冲地说道，"但是下午茶取消了。"

霍勒斯长叹了一口气，说道："哎呀，这不公平啊。我们本来要去吃苹果派的——这可是我最爱吃的。"

"别以为这事儿就这么过去了，你们这些捣蛋鬼"，冯铁心校长怒吼道，"我会查清事情的真相。当我查明白以后，你们中的某些人会付出沉重的代价。"

我有种不祥的预感，他口中的"某些人"指的就是我。

46

午夜访客

接下来的时间里，我老是回头看，不知道冯铁心校长何时会把我叫到他办公室，然后开始谈话。

这种谈话每星期都会发生一次，通常是由于乔波把他自己做的一些坏事，通通都怪罪到了我身上。

但是乔波似乎更喜欢看校长发怒的样子，因为他心爱的天空号轮船被炸毁了，他几乎都忘了在发射大炮这件事情上打我的小报告。

我把我在大炮射击场上看到的事情经过告诉了

我的朋友们，大家都同意保持沉默。连霍勒斯都变得安静了下来，这可不容易，因为他平时最爱喋喋不休了。

"真是讨厌，我们就要错过春天游乐场开业的时间了，"那天晚上，当我们都已经上床就寝时，霍勒斯说道，"校长就喜欢在周末关禁闭。"

以下学生将接受周末关禁闭处分：

"淘气鬼"麦克斯鲁夫
因为将口水留在了校长的毛绒椅子上。

"钩手"霍勒斯
因为在校长的毛绒椅子上戳了一个洞。

"香蕉皮"本尼
因为在说唱歌曲里面嘲笑校长的毛绒椅子。

"哦，这倒提醒我了，"霍勒斯说道，"我告诉你们，今天下午我看见恐怖装扮的小丑在那装饰恐怖过山车呢，我说过这事儿吗？"

"说过，霍勒斯，"本尼抱怨道，"你在晚餐时间，夜宵时间，阅读时间，还有我们刷牙的时间，全都说过一遍，已经不知道多少遍了。"

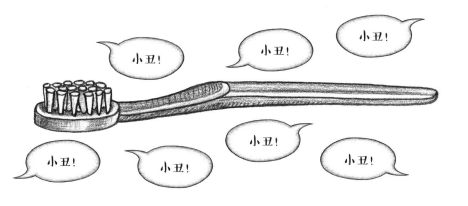

"那我告诉过你们，他们穿着恐怖装扮了吗？"霍勒斯继续问道。

"我可以很肯定地说，你已经告诉了不下十几遍了。"本尼打了一个哈欠，说道。

"那好吧，那就晚安喽。"霍勒斯一边说，一边钻进了他的被窝。

一开始是一片寂静，接着我就听到地板上传来一些轻微的嘎吱声，我在想是不是霍勒斯跑出去了，去给别人讲他那冗长的恐怖过山车故事去了。

我翻了一个身，发现霍勒斯和本尼都在床上躺得好好的。

"那就有意思了，"我心想，"我们什么时候来了第四个舍友。"

我把视线移到了我的床底下。

我的整个身体都被吓得僵硬了。

突然出现在我身边的，是一个笼罩在黑暗中的、弯腰驼背的身影。

我本想尖叫出来，但却吓得失声了，从我的嘴边只吐出一口牙膏味道的空气。

霍勒斯表现得更加夸张，他飞快地跑下了床，像一只鬣狗一样吼叫了起来。

"救命啊，快救我！春天游乐场里的恐怖小丑来了！他来把我变成一只毛绒玩具，放在恐怖过山

车上。快来人，用巨大的充气手打他，或者用彩虹玩具枪朝他发射！"

"别胡说了，霍勒斯少爷，"这个黑影抱怨道，"我要是一个小丑，那概率比你是个优等生还小。"

本尼发出一声巨大的呼噜声，然后一下从床上坐了起来，说道："霍勒斯成了优等生？我倒想看看！"

透过一根被点燃的火柴，我看见一对长长的耳朵耷拉下来，老管家满是皱纹的脸浮现了出来，这位校长的私人管家正在低头看着我。

"校长要求你立即去往天空号轮船那里，麦克斯鲁夫少爷。"他用他那阴沉沉的语气说道。

"现在吗？"我一边问，一边抬起头，疑惑地看着这只猎犬，"但现在是半夜啊。"

"就是现在，"冷酷无情的猎犬回答道，"而且你还要带上'香蕉皮'本尼少爷和这只尿床的小老鼠。"

"尿床的小老鼠？"霍勒斯尖叫道，"用不着这么嘲讽我吧。"

老管家将火柴移到了霍勒斯的空床之上，说道："我只是想提醒你一下，你的床单上湿了一大片，霍勒斯少爷。"

"嘿，我才不是尿床，我是因为受到惊吓尿裤子了，这是两码事！"霍勒斯反驳道，"下次，你要注意你的用词。"

"那就如您所愿，孩子。"老管家一边说，一边示意我们跟上他，"现在，请快点儿跟我走吧。校长正在办公室里等着你们呢。"他停顿了一会儿后，重新说道："办公室的残骸里更准确一点儿。"

我们到了天空号轮船后，发现弗里克正站在校长办公室门外。

"你们怎么这么慢啊？"她打着哈欠说道，"老管家老早就把我从床上拽过来了。"

"我们在尿床这个问题上，起了一些争执。"本尼解释道。

霍勒斯尴尬地扭了扭身体，然后赶紧转换话题。

"好漂亮的睡衣啊，弗里克，"他一边说，一边

53

用钩手指向她的鱼骨图案睡衣，"这就跟淘气鬼的爪印图案睡衣一样时髦。"

我低头看了看我蓝白相间的睡衣外套，脸都羞红了。

"真可惜，弗里克的睡衣图案跟你尿湿床单的形状并不一样，霍勒斯，"本尼笑着说道，"不然我们就能配成一套了。"

"别再说尿床的事儿了。"霍勒斯抱怨道。这时老管家已经推着我们穿过了走廊，然后就出发去执行别的午夜差事去了。

办公室里面就像被流星砸中过一般。破碎的花瓶和烧焦的书籍散落在地板上，所有的东西上面都覆盖着一层黑色的灰烬。校长最爱的装饰物，是一个挂在墙上的三角龙头骨（又名恐龙头骨），头骨后面有两根交叉的炸药棒，在炸弹的冲击之下，现在已经是一堆破碎的骨头了。如果这种生物不是在六千五百万年前就灭绝了，我会对它感到无比同情。

办公室的房顶上，有一个巨大的洞，每面墙上皇家马桶!

也有很多小洞。在校长的豪华天鹅绒扶手椅上，也有一个大洞，这个洞太大了，很容易被人误以为，这是一个……

霍勒斯急忙冲向这奢华的座椅，直接坐在了上面，结果恰好从洞中掉了下去。

"站起来，你这只讨厌的老鼠派。"校长从他烧焦的书桌后面出现了，命令道。

"对不起，先生，我没看到这里有个洞，先生。"霍勒斯吱吱叫道，本尼一把把他抓了起来，他这才站好。

我们四个人站成一排，就像军队队列里的海军学员一样，昂首挺胸，站得笔直，等候冯铁心校长的发落。

"你们知道我为什么让你们四个捣蛋鬼来这里吗？"他怒吼道。

我们异口同声地回答道："因为周末关禁闭的事情，先生。"

"不是！"校长大喊道，并且用他那可怕的灰熊爪子猛烈地拍打着桌面，以至于从桌面上空升起

了一团灰云。"让你们来这儿，就是因为这个！"

"这个什么？"霍勒斯疑惑地问道，"您指的
是您的桌子？还是这些灰尘？还是您无比粗壮的爪

子？我不得不说，您的爪子今夜看起来尤为强壮。"

"安静！"冯铁心校长咆哮道，"我说的是所有的这一切！"他挥舞着他那强壮的爪子，指向整个房间。"我的整个办公室都毁了。"

"那您找到是谁干的了吗？"本尼随意地说道，"他会不会是姓乔啊？"

霍勒斯这个家伙，在猜名字的时候总是特别迟钝，他开始自言自语地念着各种名字："乔杉，乔莎，乔美龙，乔尔，乔迪……"

当他念叨到"乔波"的时候，他的眼神一亮，瞬间会意了。也或许是突然间，有一束灯笼的光照进了房间里。

随着一阵"咚，铛，咚"的巨响，一只身形庞大的猪，踩着一个苹果汽水桶当假腿，经过了我们身旁，然后走到了校长桌前。

"抱歉，打扰了，"他小声说道，"我们发现了重要证据。"

他把他那油腻腻的猪蹄在围裙上擦了擦，他的围裙都盖不住他的大肚皮，然后握了握校长的手。

"晚上好，校长。"他礼貌地问候道。

"你也晚上好啊，'猪排教授'。"冯铁心校长回应道，"我想你应该有一些发现，能给我们讲讲吗？"

"好的，尊敬的校长。"教授一边说，一边将一把精致的象牙梳子放在了桌子上，"这可真是一个有意思的发现。"

证据

当"猪排教授"打开一个小袋子的抽绳时，我们四个都屏住了呼吸，他从里面拿出了一个放大镜，还有一些已经烧毁的物件，我已经无法辨认那些是什么了。

"我希望，他别让我们吃那里面的东西。"霍勒斯嘴角微张，小声说道。

"我不觉得'猪排教授'来这儿的目的，是为了测试他的午餐菜单新品，"我小声回答道，"这看起来像是教学工作的事情。"

"那就更糟了。"霍勒斯倒吸了一口气，说道。

"猪排教授"不仅是学校的厨师，他还是学校的科学老师。他最喜欢说的一句话就是："科学就是一切问题的答案。"

霍勒斯也有自己的名言，那就是："科学就意味着关禁闭。"

"我用这把象牙梳子翻遍了整个办公室。"教授一边说，一边拿起他那把精致的象牙梳子，来向我们证明他确实找遍了整个办公室。

"老师们真是无趣，"本尼小声说道，"教授肯定以为我们都傻乎乎的，什么都不知道。"

"你们这些讨厌的小浑蛋，真是太笨了。"教授一边说，一边盯着我们，"你们真以为，我找不到证据吗？"

"什……什么证据？"霍勒斯问道，他通红的脸颊暴露了他的心虚。

"炸毁这个办公室的炮弹，可不是普通的炮弹，""猪排教授"说道，"它里面安装了引爆装置。"

"什么是引爆装置？"弗里克天真地问道，"我对这些引爆武器是一无所知。"

教授用他的放大镜看了看放置在桌面上的那些烧焦的物品，说道："在这种情况下，引爆装置应该

63

就是：

"沾满了火药粉
的香蕉皮，

两个包裹在一起
的易燃物，

EVIDENCE FOUND

一张折叠的旧报纸，

一页从画册里
撕下来的画，
证据确凿。"

　　弗里克和本尼一脸焦虑地互看了对方一眼。我发誓，我以后再也不会把炮筒当垃圾桶使用了。

"猪排教授"继续说道："火药会在撞击的作用下冒出火花，将纸点燃，然后就会形成一个巨大的火球。"

他指向屋顶上的大洞，说道："这个巨大的火球冲过天花板，正好落在了三角龙头骨中间。不幸的是，三角龙头骨中间的犄角，恰好连着三角龙的颧骨，而颧骨又连着三角龙的下颚骨，而下颚骨恰好又连着两根巨大的炸药棒！你们可以想象一下，屋里所有的东西，就被炸飞了，就像新年夜的烟花表演一样，将整个办公室炸得粉碎。"

"哇哦。"霍勒斯惊叹道，"你能用科学的语言讲述整件事情的经过啊？也许我上课的时候应该好好听讲，而不是只顾着咬馅饼皮，然后梦想着见到穿着漂亮草裙的老鼠姑娘。"

本尼用胳膊肘碰了一下他的肋骨，说道："你说这些对我们没有任何帮助，霍勒斯。"

"什么？"霍勒斯说道，"这些证据只指向了你们三个乱丢垃圾的家伙，可不包括我。你没听见'猪排教授'说的吗？引爆装置包括本尼的香蕉皮，淘气鬼的报纸帽和弗里克画册上的一页纸。"

我将头埋进了爪子里，然后长叹了一口气，说道："教授可没说那些东西就是我们的啊，霍勒斯。"

"哎呀！"霍勒斯尖叫道。

"大笨蛋！"弗里克生气地说道。

"谢谢你了，霍勒斯少爷，""猪排教授"笑着说道，"我正准备求证一下这些东西都是谁的呢。哦，对了，在你跑去继续吃你的派之前，我应该加一句，我发现了几缕烧焦的老鼠毛正好黏在了报纸帽上。"

"发霉的派呀，讨厌的证据！"霍勒斯一边挠着他烧焦的屁股，一边抱怨道，"我们现在是彻底没救了，只能被关禁闭了。"

"恐怕，对于你们这种恶劣的行径来说，关禁闭这种惩罚太轻了。"冯铁心校长严肃地说道，"做了如此严重的坏事，应该接受更严重的惩罚。"

"我的天哪，我们要成为鲨鱼的诱饵了！"霍勒斯尖叫道，"你不会让我们去走跳板吧？"

校长翻了一个白眼，说道："别犯傻了，你这个

头脑简单的家伙。走跳板能帮我修好办公室吗？你们的惩罚就是，赔偿我由你们造成的所有损失。"

"但这不可能呀，先生，"本尼突然说道，"我们就像一群荒岛上的落难海盗一样穷。"

"一座没藏有宝藏箱的荒岛。"霍勒斯赶紧补充了一句。

"我不想听你们的借口，"校长坚定地说道，"你们这群捣蛋鬼资源丰富——这也许是你们唯一的优点。我相信你们，肯定会找到筹集资金的方法的。"

"但这一切都不是我们的错啊，"霍勒斯哭哭啼啼地说道，"真的不怪我们。当时我们正在做芭蕾舞旋转练习，为乘坐恐怖过山车做准备，但是乔波趁我们不注意，把我的炮筒改变了方向。"

校长低下头，眯缝着眼睛看着他，说道："这是我听到过的最差的借口，霍勒斯少爷。这甚至比你上一次的借口还要差，那时你在队列里，然后游泳裤掉下来了，你说你腰带上的抽绳被取了下来，给你爱吃鱼的朋友做钓鱼线用了。"

"我能替他担保，先生。"弗里克一边说，一边举起了她的爪子，"用那根绳子钓上来的鱼好吃极了！"

"三天，"校长一边说，一边把我们往门口轰，"我只给你们三天时间，给我赔偿所有的损失，否则你们就被会淘气鬼学校开除。听懂了吗？"

69

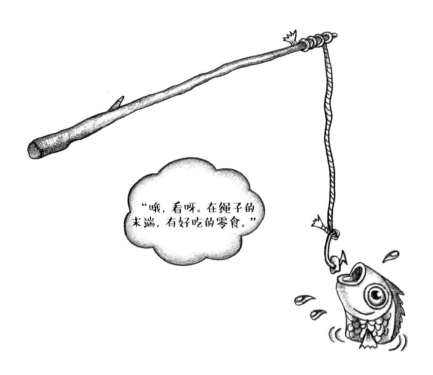

"懂了，校长。"我们异口同声地回答道。

最甜美的解决办法

那一晚，我失眠了。我们几个都无法入睡。在看到被炸毁的校长办公室后，我们都知道，赔偿金是一笔巨款——远不是我们几个淘气鬼能在三天之内筹集齐的。

在床上翻来覆去、辗转反侧了几个小时之后，我们决定戴上我们的围巾，去呼啸女王号帆船那里，希望清凉的夜风能够使我们的头脑清醒。

呼啸女王号帆船（简称 HQ 号），是一艘旧的船只残骸，坐落在"没用的灯塔"脚下。它由一只傲慢的巨嘴鸟看护，巨嘴鸟名叫"嘎嘎叫"先生。他是一只善良的大鸟，虽然有时候表现得有点儿过于戏剧化。

灯塔正在运转着，可能就是为了做做样子吧，它发射出一道琥珀色的微弱灯光，穿过海浪，为其他出海的船只（或者叫船只残骸）照明。你现在应该知道，它为什么会被叫作"没用的灯塔"了吧。

没用的灯塔，
确实没什么用！

在清晨，呼啸女王号上面非常阴冷。海浪冲击着嶙峋的岩石，将一阵阵浪花拍向空中。寒冷的海风钻进我的衣服里，如刀子一般，冷得刺骨。

我走下摇摇晃晃的跳板，希望脚下这些饱经风霜的破旧木板，不要碎裂开来。

呼啸女王号帆船

"是谁在那里？"从乌鸦窝里传来一阵嘎嘎叫的声音。

"是——是我——我们，'嘎嘎叫'先生，"我颤抖着说道，"我——我们能上——上船吗？"

"请说出黑尾巴博德船长的暗号，否则我就把你们扔进海里。"巨嘴鸟尖叫道。

"啊，得了吧，"霍勒斯抱怨道，"我们不用每次过跳桥都要说一遍这个暗号吧？我们在外面，快把尾巴都冻僵了。"

"嘎嘎叫"先生嫌弃地叫了一声，说道："这个神圣的暗号是好几代人积累下来的传统，它从上一个跳板守护者那里，传承到下一个身上——"

"是的，是的，"霍勒斯说道，"我们都听过无数遍这一套关于传统和骑士精神的说辞了……"

"你就直接告诉他暗号得了。"弗里克嘘声说道。

"好吧。"霍勒斯咕哝着说道，"暗号就是：

“你的暗号是对的，小捣蛋鬼，”"嘎嘎叫"先生叫道，“你们可以通过了。”

我们迅速穿过甲板，直接向船长的小屋跑去，想赶紧进去避避风。

在屋里正中间的位置，放置着一张巨大的桌子，上面有一堆地图、从图书馆借的书和一些霍勒斯未完成的科学课作业。我估计这些作业是完不成了。

"嘎嘎叫"先生栖息在了一根破旧的木梁上，然后心情愉悦地问道：“是什么风把你们给吹来了，亲爱的朋友们？”

“我们遇到大麻烦了。”弗里克回答道。

“我们什么时候没遇到过麻烦？”霍勒斯一边抱怨着，一边将他的作业揉成一团，然后从地板上的一个洞口扔了下去。

“我能帮你们做些什么呢？”巨嘴鸟问道。

“我估计，什么都做不了，”霍勒斯环视了一圈这艘破船，说道，“除非你藏了一箱金币。”

“那可没有。”"嘎嘎叫"先生叹了一口气说道，

中世纪骑士语言，意思是："你们需要我做什么？"

还摇了摇他已经生锈的金属头盔。"作为跳板守护者，我们都发过誓，要承受贫穷，这是个传统。"

"这是什么讨厌的传统，"霍勒斯抱怨道，"你应该抛弃传统，追赶潮流。"

"你们想过直接去偷吗？""嘎嘎叫"先生问道，"我听说，现在的年轻海盗们，都拿这当消遣。"

"其实。"霍勒斯一边说，一边斜眼看了我一眼，"淘气鬼跟我们讨论过这个方法，他说就算偷遍整个岛，也凑不齐我们需要的资金数目。"

"而且，他还给我们上了一课，说偷窃行为并不好。"本尼补充道。

"没错。"我肯定地说道。

弗里克也点头表示赞同，说道："这种偷窃行为不但不好，还不卫生。谁知道陌生人的口袋里面有多少细菌？"

"嗯，这确实是个大麻烦，""嘎嘎叫"先生总结道，"就如他们所说，一名正直的海盗注定穷困潦倒。"

"也许我们可以在市中心的广场上立一块牌子，上面写着：'请大家为这只无家可归的可怜小狗捐点儿钱吧。'"霍勒斯说道，"总会有一些好心人往里面投几枚硬币的。"

"这都不符合常理，"弗里克皱着眉说道，"淘气鬼也许是看起来很穷很可怜，但他并不是无家可归啊。"

"现在不是，"霍勒斯说道，"但谁知道，万一我们被淘气鬼学校开除了，会发生什么？"

我感到我的尾巴耷拉了下来。

前途一片渺茫啊。

"我真怀疑，这种乞讨根本不会有人理睬，即便我们把淘气鬼翻过来装死也没用。"本尼说道，"街上的人都说，鲨齿岛的居民们都在为春天游乐场开业那天攒钱呢。"

"啊，没错，春天游乐场，""嘎嘎叫"先生出神地说道，"这真是一个完美的地方，适合单身汉寻找自己的另一半。今年我一定会去参加的。"

"很好，"霍勒斯说道，"你可以帮我们分散那

些人的注意力，我们负责抢钱包。"

"不允许偷窃。"我坚决地说道。

"那我们设立一个接吻电话亭如何？"霍勒斯建议道，"'嘎嘎叫'先生就装扮成中世纪骑士的样子，然后给每一位单身女性献上一枚香吻，以此来收费。"他噘起他的嘴巴，然后发出一阵恶心的"嗯嗯"声。

"真是个奇妙的主意！"巨嘴鸟惊喜地叫道，"我就是狂欢节里的白马王子。那些姑娘们一定会崇拜我的！"

"抱歉，我要给你泼冷水了。"弗里克说道，"一般来说，都是那些绝望的单身汉付钱，来亲吻美丽的姑娘的，而不是反过来。"

"哦，糟糕！""嘎嘎叫"先生丧气地说道，"照这样下去，我永远也找不到另一半了。"

"那我们也永远筹不齐赔偿金了。"霍勒斯闷闷不乐地说道。

"不用担心，"本尼一边说，一边龇牙笑道，"我相信，弗里克会愿意装扮成漂亮的姑娘，然后亲吻单身男士，来为我们赚钱的。"

"哦，真恶心！"她尖叫道，"我才不会亲一群有口臭的单身汉呢。"

"那我们去抢包吧？"霍勒斯说道，"包里装的钱应该比口袋里多。"

弗里克轻蔑地说道："抢包还不如扒口袋呢。我们中肯定会有人误把冯铁心校长的男包抢走，那时候，我们就不用担心会不会被开除了，因为这是铁定的了。"

接着便是一阵沉默，我们都在绞尽脑汁地想更好的办法。

"这个主意怎么样？"霍勒斯突然说道，"我们发明一种我们自己的游乐项目，一种比恐怖过山车还刺激的项目，然后谁想上去玩，就要给我们付钱。"

他向空中挥舞着他的钩子。"我想到了，就叫'好玩的霍勒斯过山车'。我要设计六个环状弯道，三个连续转弯，还有一次雪崩，外加一圈熔岩！"

"你就做白日梦吧，霍勒斯，"本尼抱怨道，

"做一个这种过山车，不但要花费几百万金币，还

要至少一年才能建成。而离春天游乐场开放时间，只有两天不到了。在这么短的时间内，我们能造出一辆破破烂烂的手推车就不错了。"

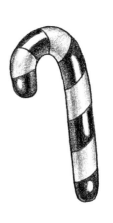

"那我们摆一个甜品摊怎么样？"霍勒斯继续说道，"在参加集会的时候，没人能抗拒得了甜品的诱惑吧？"

"嗯，"弗里克若有所思地说道，"这也许是个好主意。"

霍勒斯将手臂高高举起，喊道："耶！终于有人赞同我的想法了。"

"我们需要一些特别的创意，而不是一些普通的过时甜品，这样才能吸引大批顾客。"我说道。

"比如，香蕉口味的棒棒糖！"本尼一边说，一边舔了舔他的嘴唇。

"或者，蜂蜜糖衣的鸟食棒！""嘎嘎叫"先生补充道。

"或者，巧克力松露口味的派！"霍勒斯插嘴道。

"呃，也许可以吧，"我尽量用肯定的语气说道，"但是我真是一点儿都不爱吃巧克力。"

"我也是。"弗里克补充道。

"吃巧克力，也会让巨嘴鸟变得不正常，""嘎嘎叫"先生说道，"而且我们还会因此丧命。"

"好吧，好吧，"霍勒斯失望地说道，"那就排除掉巧克力。还有其他什么甜品能让我们赚大钱？"

"必须是新颖的创意才行。"我一边思考，一边说道。

激动！

"而且必须很美观。"弗里克补充道。

"还要令人难忘。"本尼插嘴道。

"还要很美味，让人流口水。""嘎嘎叫"先生喊道。

"看起来要特别诱人！"霍勒斯大喊道。

"还要令人身心愉悦！"我说道。

"一种令人为之疯狂、欲罢不能的糖果，要让整座岛上的居民都排着长队，疯狂抢购，越买越多！"

我感到我的鼻子有一种刺激感。每当我遇到危险，或者察觉到有什么异常，或者找到了要找的线索时，我都会有这种感觉。

要么就是呼啸女王号要沉没到海底了，要么就是我们想出了一个绝妙的主意。

"我的天哪！"霍勒斯惊叫道，"你们讨论的简

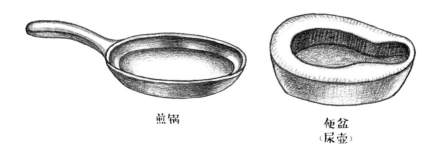

煎锅

便盆
（尿壶）

直就是一个糖果王国啊，里面还有恐怖过山车可以坐。"

"差不多就是这个意思吧，"我说道，"让我们

忘掉那些牙膏味的糖果棒和焦油味的甘草糖。我们要给这些参加集会的人，创造出让他们一生都难以忘怀的糖果味道。"

"那我们怎么把这种美味的新口味糖果制作出来呢？"弗里克问道，"我的意思是，我们连煎锅和便盆都分不清。"

"这很简单，"我说道，"我们就将一堆糖，根据科学的配比，混合在一起，然后就等待奇迹的发生即可！"

实验鼠

好吧，看来我的计划也不是那么不可行。是的，我确实想要将一堆糖果，放进一个巨大的试管里，里面再加入一些化学元素，希望能够得到一个好的结果。但是，所有的过程都必须在学校的科学老师兼厨师"猪排教授"的专业监督之下进行。

也就是说，我们必须征得他的同意，来帮助我们。

第二天一早，我和霍勒斯就跑到学校的科学实验室周围闲逛，希望能够遇到教授，也希望他此刻正处于一个好心情。

弗里克和本尼已经去了老管家那里，想要问他借用学校的大帐篷（学校用来举办年度极限运动会时所用的道具）。而"嘎嘎叫"先生此时正盘旋在游乐场的上空，来寻找摆放糖果摊的最佳位置。

我们就等在实验室门外，一直等到"猪排教授"做完早餐。告示牌上的菜单写着：

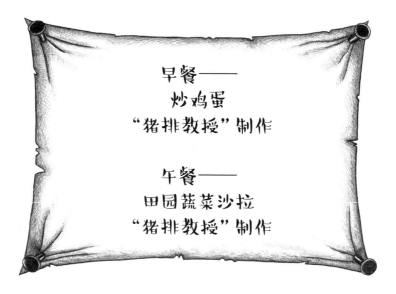

早餐——
炒鸡蛋
"猪排教授"制作

午餐——
田园蔬菜沙拉
"猪排教授"制作

我们都知道，"猪排教授"制作的炒鸡蛋，其实就是普通的炒鸡蛋，里面还混有许多破碎的蛋壳。

我也不确定"猪排教授"制作的田园蔬菜沙拉里面到底有些什么配料，但是我猜测，里面肯定有蜗牛壳。

终于，"猪排教授"从食堂里走了出来。他穿着一身溅满了蛋液的围裙，正大口地吃着一盘炒鸡蛋。

"嘎吱，嘎吱，嘎吱。"

"你觉得，他做这份工作真的合适吗？"当教授走近我们时，嘴里还嚼着蛋壳，霍勒斯小声说道，"他根本就算不上是世界级的厨师。"

"他虽然做饭技术不怎么样，但是他很有创意。"我回答道。

"我只希望，在我们做的糖果配料表里，他别把鸡蛋加进去。"霍勒斯嘀咕着说道。

"或者蜗牛壳……"我屏住呼吸，小声加了一句。

"早上好啊，淘气鬼们！""猪排教授"走到实验室门口，精神振奋地说道，"你们是来为炮弹灾难的事情辩解的吗？"

"不是的，教授，"我礼貌地回答道，"我们是来寻求您的帮助的。"

"我的帮助？"他笑着问道，"我为什么要帮助一群像你们这样爱惹麻烦的学生？"

"因为您是一名老师，老师就有义务帮助有困难的学生——"霍勒斯开始长篇大论地说起来，但我很快就打断了他。

"我们有一个主意，这个主意能够让您一举成名，先生。"

教授的大耳朵一下就立了起来。"一举成名，是吗？我一直都想出名。实际上，我亲爱的妈妈曾经对我说过：

'儿子，
你长了一张注定会不平凡的面孔。
只要你好好吃你的猪食，
好好洗你的泥巴浴，总有一天，
你会成为一颗闪耀的明星。
啊……'"

随着他的话音渐渐停止，他开始出神地望向天空。

"呃，教授，"霍勒斯一边说，一边用他的钩子在教授面前挥舞起来，"教授？"

"哦，抱歉，我的宝贝们。""猪排教授"说道，并从他的白日梦中惊醒了过来，"也许，你们应该进我办公室里，详细说说。"他急匆匆地用钥匙打开了办公室白色的大门，然后把我们赶了进去。

科学实验室虽然有着一扇崭新的白色大门，但是里面的环境并不那么干净整洁。实际上，里面更像是一个猪圈——跟"猪排教授"很配。

实验失败过后留下的污渍，把墙都弄脏了。未经清洗的玻璃杯和试管堆成一堆，放置在一个水槽里。教科书散落在长凳上，上面还溅上了一些黏糊糊的蓝色液体。

"这肯定就是明天的午餐了。"我心中感到一阵恶心。

"猪排教授"将他脏兮兮的白围裙换了下来，换上了一件同样脏兮兮的实验用白大褂，然后拖着他重重的身躯，坐在了一个凳子上面。

"现在，说说吧，"他一边说，一边搓了搓他的

手掌，"你们的好主意是什么？"

"这是一个关于筹款的主意，"我用一种商谈的语气解释道，"我们准备用这个方法，来赔偿给校长办公室造成的损失。"

"你们打算怎么做？"教授怀疑地问道。

"通过卖糖果！"霍勒斯大喊道，"我们准备制作出一大批跳跳糖，在春天游乐场上售卖。"

教授在凳子上，身体微微前倾，皱着眉问道："你们要制作什么？"

"跳跳糖啊。"霍勒斯重复道，"你知道的，就是那种吃进嘴里，就能在里面跳来跳去，像爆炸一样的糖果。"

"猪排教授"用惊吓的眼神看着我们说道："你的意思是那种火药粉做的棒棒糖？能把小孩的头炸飞的那种？太可怕了吧！"

"哎呀，不是的，没有那么夸张。"我迅速补充道，"那种爆炸的效果，只是在形容一种口感。"

"当然了，如果这糖果能把松动的牙齿爆掉，那我们可以给这个附加功能收取额外费用啊，"霍

勒斯激动地补充道，"更别提，如果它对于牙齿上的顽固性菌斑，能有去除的作用，那就更好了。"

　　"我们就不要过于强调，它对于口腔健康的作用了，"我说道，"小孩儿吃糖又不是为了保持牙齿健康的。"

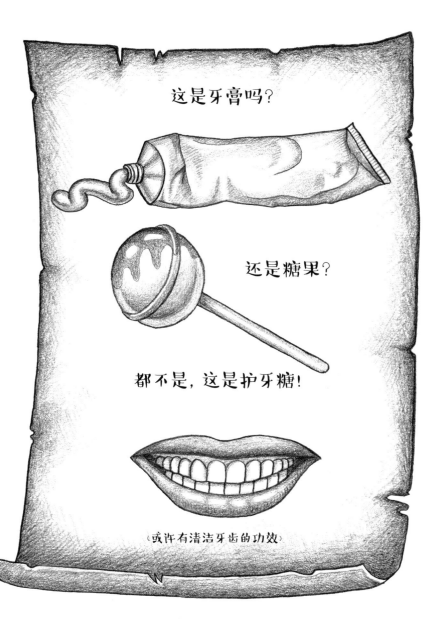

这是牙膏吗?

还是糖果?

都不是,这是护牙糖!

(或许有清洁牙齿的功效)

“那如果它真有这个作用呢？”霍勒斯说道，“如果我们能够发明出世界上首款护牙糖，它能集刷牙、剔牙和美白功能于一身，那将会是一场口腔护理界的革命！”

“咳咳，”“猪排教授”打断了他的话，说道，“你们两个臭小子能不能先解释一下，这件事情跟我有什么关系？要不然，我就要把你们两个爱放臭屁的家伙赶出去了。”

“是这样的，先生，”我尽量用礼貌的语气说道，“您是烹饪和科学这两个领域的专家，而这两个领域的知识又是我们必备的，如果我们要让这个想法得以实现的话。”

“而且，烹饪课和科学课，我们就没及格过。”霍勒斯补充道，“当然了，还有地理课、历史课、数学课、语文课、园艺课、缝纫课、集邮课、高尔夫球课、花样游泳课……也都没有及格过。”

“行了，霍勒斯，”我打断了他的话并转向“猪排教授”，“我觉得他已经说明白了。”

教授挠了挠头，疑惑地问道：“明白？哪里说明白了？我根本就不知道你们在说什么。更不知道，这主意是如何能让我一举成名的。"

"是啊，我也有这个疑惑，"霍勒斯说道，"我们这个荒唐的计划如何能够使'猪排教授'出名？"

"这很简单，"我说道，"任何一款全新上市的糖果，都需要一个时髦的新名字。"

"哦，是的，现在我明白了。""猪排教授"一边说，一边搓了搓它那油乎乎的手掌。

"明白什么了？"霍勒斯一边说，一边看了看这杂乱无章的实验室。"我怎么什么都不明白。"

我摇了摇头，说道："我们要以教授来命名这个糖果。"

"哦，可以啊，"霍勒斯说道，"这听起来很有趣。"

"'猪排教授出品美味糖果'，这个名字就挺好。"教授沉思了一番后，说道。

"那，'猪排教授出品超炫糖果'，这个名字如何？"霍勒斯建议道，"每当有人把这个超炫的美

99

糖果之王

味糖果塞进嘴里时，他们就会想到你。"

"非常好，好极了"，教授说道，"你们可以先免费分发一些试吃品，以此来提高销量，如何？"

"当然可以，"我马上答道，"做好的第一罐糖果，肯定是要先留给您品尝的。"

教授想了一会儿，问道："我们要做出各种颜色和口味的糖果吗？"

　　"没错。"我说道。

　　"那每一种口味，我们都要给它取个名字吗？"

　　"当然可以了，"我回答道，"您已经想好了吗？"

　　"还没有，"教授耸了耸肩，说道："只是，我还没有孩子。这就像我要有自己的小猪仔了，然后我要给他们起名字，把他们养大。"

　　"在你吃掉他们之前，是的，确实像，"霍勒斯说道，"听起来很可怕，但就是这个意思。"

　　我用胳膊肘使劲儿撞了一下霍勒斯的肋骨。

　　"那么，教授？"我急切地问道，"您答应帮助我们了吗？"

　　"我答应了。""猪排教授"一边说，一边伸展了他的四肢，"恭喜啊，孩子们，我们现在就要正式开始制作糖果的工作了！"

糖果商

对于像"猪排教授"这样经验丰富的厨师来说，制作出一大堆普通的糖果，应该是手到擒来。

但是，制作出一大堆"'猪排教授'出品——革命性新款火山爆发跳跳糖"，那就完全是另外一回事了。

我们只有两天时间，就要制作出世界上最漂亮、最奇妙、最美味的糖果。

想想我们的压力有多大吧。

"猪排教授"在看到门口处放置的垃圾桶后，

决定用"火山"这个主题来命名这款糖果，因为里面堆满了各种火山形状的纸屑。我的不及格作业本也在其中。

"科学实验都会有失败的概率。"我提醒自己。我只是希望，我们的糖果实验能够获得成功。

当诺拉·尼布尔斯沃斯在走廊里闲逛，到处贩

胡萝卜知识日

第一枚徽章

换一只兔子

卖她的徽章时，霍勒斯忍不住向她吹嘘我们的计划。结果，实验室门外瞬间聚集了一群看热闹的学生，他们都期盼着目睹这场糖果大变革的制作过程。

大多数学生都认为我们的实验会失败，但也有一些学生（或者说，至少有一名长着多条触角的学生，名叫"海底章鱼"欧文）声称我们的这个想法真是极具创造力。我怀疑，欧文只是想以礼貌的态度来换取一些免费的试吃样品。

我和霍勒斯从食品储藏室取出来一大袋糖，并把它拖进了实验室，此时，"猪排教授"正在壁橱里寻找着他的特殊制作原料。壁橱上面还贴着警告标语，看来这原料确实很特别。

快到中午的时候，本尼和弗里克也回来了，他

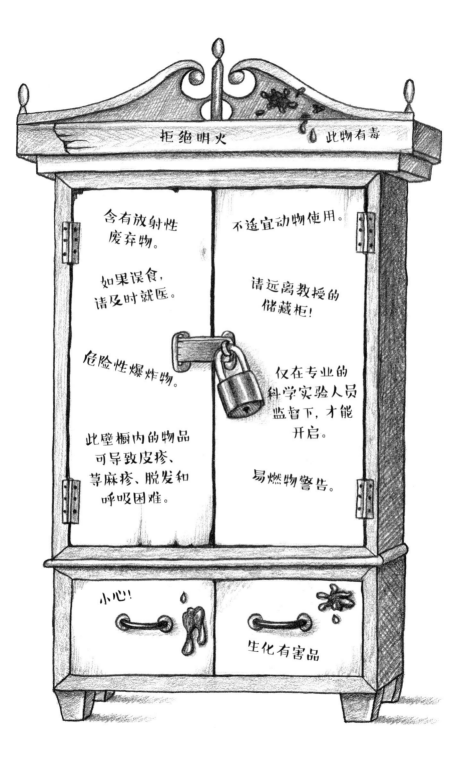

们推着一辆手推车，上面装满了帐篷杆、绳子和帆布。

"让一下！让个路！重要的货物要通过！"本尼大声嚷嚷道。

许多双好奇的眼睛都在走廊窗外往里看，本尼将推车停在了实验室的解剖区，紧挨着冯铁心校长祖母的骨架，然后骄傲地宣布道："我希望他们可别指望我把这东西支起来……"

"淘气鬼学校的帐篷送来了！"

"猪排教授"抬起头来，此时他正在往锅炉上放置一口大锅。

"我可真幸运，"他无奈地说道，"又来了两个爱惹麻烦的淘气鬼，需要我看管。"

"哎呀，别这么扫兴嘛，"霍勒斯抱怨道，"人多力量大嘛。"

"你们四个聚在一起，就不一样了，"教授反驳道，"这时候就变成了，人多麻烦大了！"

"我们不会惹麻烦的，我们向您保证。"弗里克用乖巧的语气轻声说道。

"哦，那好吧，"教授温柔地说道，"我可以给你们提供协助。现在，穿好你们的实验服，然后听好了！我只说一遍。"

他等我们四个穿好脏兮兮的实验服后，开始说道："我的'革命性新款火山爆发跳跳糖'包括三个部分。第一部分，就是具有爆炸效果的糖衣。它是糖果外面包裹的一层坚硬外壳，由水里煮沸的糖制成。"他用力拍了拍烹饪锅，又补充道："奇迹将从这里发生。"

"哇哦！"霍勒斯尖叫起来，像一个糖果店里的小宝宝一样。

"我这个神奇的作品中，第二部分就是熔岩夹心。"教授一边说，一边用手指了指实验架上摆放的一排试管。

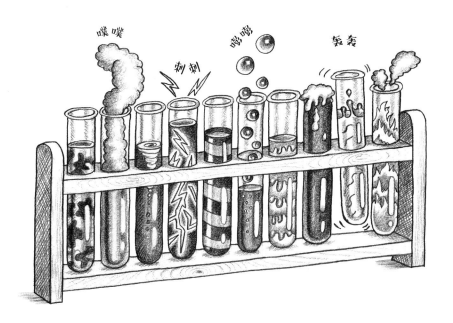

这里面都是浓稠的糖浆，由各种鲜亮的颜色组成。有些冒着气泡，有些冒着烟，有些则"咕噜噜"地响。

"几滴熔岩夹心，会加入到每颗火山形糖果的中央，这会给每一位消费者一种火山爆发的真实口感！""猪排教授"说道，"虽然，我需要再对这些化学反应进行一些细微调整，但在弗里克的帮助下，我们应该很快就能完成。要知道，她的科学课成绩还是不错的。"

霍勒斯抬眼看了一下弗里克，嘀咕道："自作聪明的家伙！"

弗里克冷眼回看了他一眼。

"那糖果的第三部分呢，教授？"我赶紧插嘴道，生怕弗里克拿起一根装满毒液的试管倒在霍勒斯的头上。

"哦，对了。""猪排教授"说道，两眼直冒光，"第三部分就是火花糖霜——一种撒在糖果上方的红色粉末。当你的舌尖触碰到它的时候，火花糖霜就会冒出火花，就像炮弹里的导火线一样。"

"哇，像放烟花一样！"霍勒斯惊叹不已地说道，"您考虑得太周全了。"

"那当然，要知道这糖果可是我冠名的，总不

110

能做得太差吧？"教授骄傲
地回答道。

　　在讲解完糖果的制作
过程后，教授根据我们每个
人的科学实验操作水平，给
我们分配了不同的任务。鉴
于霍勒斯的钩手不方便操作，他的水平被认定为最
差，所以他被分配了揉糖果面团的任务。

　　我的水平被认定为比霍勒斯高一点儿（也没什
么可炫耀的），所以我被分配负责操作烹饪锅。

　　"这是一项艰巨的任务，小家伙。""猪排教授"
一边说，一边在这个巨型大锅旁边放了一个脚凳，
"我们要制作十种不同的火山爆发跳跳糖，而这是
所有制作过程的第一步。"

　　他往锅炉里加了一根柴火，然后继续说道："做
出美味糖果的秘诀就是，在水煮开之前，让水里的
糖融化开来。但是当它开始冒泡以后，你就绝对不
能再搅拌了。明白了吗？"

　　"明白了，教授。"我说道。

作为团队里最为细致的成员，弗里克很快就把十种口味的火山爆发跳跳糖类型都记在了她的画册上。

　　大多数口味，比如棉花软糖口味和树莓气泡口味，都听起来特别美味。但也有一些口味，比如茴香云朵口味，就听起来不那么好吃了。

　　我们的第一项任务是先做出每种口味糖果的少

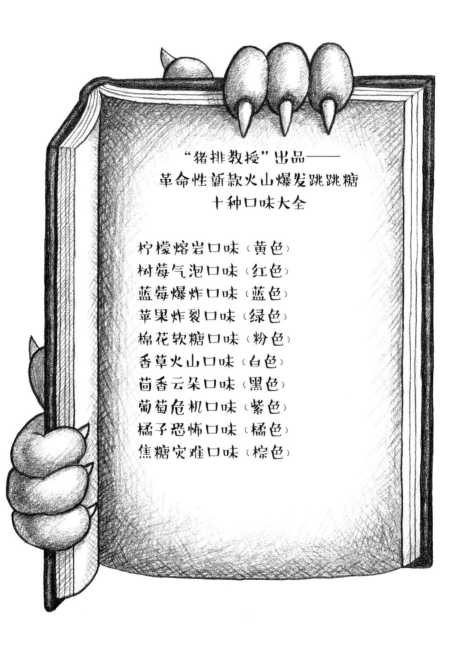

"猪排教授"出品——
革命性新款火山爆发跳跳糖
十种口味大全

柠檬熔岩口味（黄色）
树莓气泡口味（红色）
蓝莓爆炸口味（蓝色）
苹果炸裂口味（绿色）
棉花软糖口味（粉色）
香草火山口味（白色）
茴香云朵口味（黑色）
葡萄危机口味（紫色）
橘子恐怖口味（橘色）
焦糖灾难口味（棕色）

量样品，然后我们先试吃，再做批量生产。

在明确了操作步骤和任务内容后，我开始投入到我的新角色中——烹饪锅搅拌员，我以一种小狗挖骨头时的热情，开始充满干劲儿地干起来。

很快，一股浓浓的糖果香气就弥漫在了整个空气中，窗外满是一张张充满期待的脸，流着口水，等待着新鲜出炉的糖果。"海底章鱼"欧文，将他的八只黏糊糊的触角，紧紧贴在最近的一扇窗户上，说什么也不松开。

当第一批试吃糖果终于出炉，然后经过塑形，又撒上了糖霜后，整个实验室闻起来比一家甜品店都香甜。

"我创作一首海边小屋痞子说唱吧，来庆祝一下我们的成果，如何？"当我们的试吃糖果在实验架上等待冷却的时候，本尼说道。

"猪排教授"自己承认过，他极度讨厌海边小

屋痞子说唱，所以他直接拒绝了本尼的请求。

"哎呀，求求你了，先生，"本尼请求道，"这是为我们的新款糖果创作的宣传曲。每一款新产品都应该有一首流行的广告曲呀。"

"那，这样的话，也许你可以唱个一两句，"教授的语气变得平和，说道，"但是，我不想听到歌词里面有任何低俗的痞子脏话，明白了吗？"

"明白了，教授，"本尼说道，并将一只手放在胸口，另一只手放在身后，毕恭毕敬地保证，"我只创作善良而正直的歌词。"他转向霍勒斯，冲他使了一个调皮的眼色。"这位音乐家，烦请给我打个拍子吧。"

霍勒斯擦掉钩手上已经干了的糖果面团，开始在一个金属托盘上打起了拍子。

"咚，咚，锵！"

本尼开始唱起了他的作品，就像一个音乐剧演员一样。

哦，欢乐的人们快过来，
哦，都朝我这边聚过来。
我这里有最美味的糖果盛宴，
一会儿你们就会看见。

"这都是什么？"我听见你们说，
"这些奇妙的东西都是些什么？"
一堆美味可口的糖果，
里面有惊喜等着你去发现。

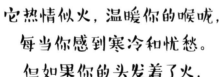

忘了那酸酸的草莓片吧，
忘了那吃腻的奶油蛋挞，
扔掉你手里发霉的派吧，
这款糖果会是你的最爱。

它热情似火，温暖你的喉咙，
每当你感到寒冷和忧愁。
但如果你的头发着了火，

那可别来找我。

它是新品，它是潮流，它引领时尚。
小孩子们根本就吃不够。
无牙的老人也能吃，
强壮的海盗也爱它。

它有各种口味，
酸酸甜甜哒！
简直是一场味觉盛宴呀。
试试柠檬味儿，葡萄味儿，还有橘子味儿，
茴香口味也是特别有趣哒！

它会冒泡，它会冒气，它
会爆炸，
它甚至还会发出火
花。
谁知道它会制造什
么奇迹呀？
这款奇妙的糖
果，
能让你梦想实
现呀！

本尼深深地鞠了一躬。从窗外的看客那边，发出一阵热情的掌声。

我放眼望去，发现外面观望的人群越来越多。由"薯条爱好者"带领的一大群海鸥在外面疯狂地叫了起来。

"热薯条，我们想要什么？"

"糖果！"

"我们什么时候要？"

"就现在！"

关于神奇糖果的传言，已经清晰地传遍了整个岛屿。

"我只希望试吃活动不要以失败告终"，我心想，"这样的话，所有人都会知道的。"

火山爆发

我们站在实验架的旁边，看着这一排微型的小火山糖果。它们有十种颜色，十种特别的口味，还有十种神秘的爆发效果，等着被发现。

教授决定，现场给我们上一场数学课。

"告诉我，亲爱的孩子们，"他说道，"如果这里有五只饥肠辘辘的动物正舔着舌头，还有十颗不同口味的火山爆发跳跳糖在实验架上，那么每只动物可以品尝几种口味呢？"

"哦，我知道答案！"霍勒斯跳到了锅上面，不停地举手道，"我能吃到八颗糖果，你们其余的人可以抢着吃剩下的两种糖果，恶心的茴香口味和焦糖口味。"

本尼拍了一下他的后脑勺，说道："这可不公平，你这条贪婪的金鱼！"

"哎哟！"霍勒斯尖叫道，并试着保持身体平衡，以防掉下来。"'猪排教授'又没说过我们要平均分配糖果！"

"猪排教授"发出一阵巨大的哼气声，说道："既然霍勒斯如此慷慨大方，那我们就把那两种恶心的口味给他吧，剩下的人从其他八种口味里面选。"

"这建议不错。"本尼一边说，一边从霍勒斯的眼皮子底下抓走了蓝莓爆炸口味的糖果。

霍勒斯低头看了看焦糖灾难口味的糖果，然后呻吟道："真倒霉，正好把焦糖灾难口味留给了我。"

我暂时把霍勒斯的便秘问题抛诸脑后，选择了柠檬熔岩口味。

"酸甜可口。"我心想，然后拿起了这个小小的黄色火山。

弗里克对香草火山口味有点儿疑虑。

"我希望它别把我的毛发染白。"她嘀咕着说道，然后用爪子拿了一颗硬糖。

"理论上来说，这些糖应该都没有永久的副作用。"教授一边说，一边拿了一颗棉花软糖口味的糖。

"那实际上呢？"弗里克问道。

"我想，我们马上就会得出结论了。"教授眨了一下眼，说道。

走廊里的人群静静地等待着，他们屏住呼吸，所有的眼睛都紧紧地盯着我们手中的糖果。

我看到乔波用一种邪恶的眼神盯着我。看他的嘴型，仿佛在说：

122

"我可盯着你呢,
麦克斯鲁夫。"

但我真的不太擅长读唇语,他说的也可能是:

"我可穿着你的
蓝色裙子呢。"

可是,我又想了想,我也没有蓝色裙子,而且我的衣服对于乔波来说,都太小了。

我没有看到这只鳄鱼的两个小跟班——温迪和德鲁奇奥,但是我估计,此时他们应该在学校的其他地方干着坏事吧。

"猪排教授"的声音把我的注意力从校园霸凌团的身上转移了过来。

"淘气鬼们,开始试吃吧!"

我已经饿得肚子咕咕叫了,我拿起一颗火山跳跳糖,放在了我的嘴里,柠檬口味的酸甜味道瞬间弥漫了我的整个嘴巴。突然，我感到一阵小火花在我的舌尖上跳来跳去，应该是火花糖霜起了作用。

我感觉有点儿痒痒的。

舌头还有点儿刺刺的——

但是却很舒服。

我想象着有一群跳踢踏舞的小精灵在我的嘴里开着狂欢派对。

随后，香浓的柠檬口味糖衣刺激着我的味蕾，那种香味特别强烈，以至于我都睁大了眼睛。这种味道是那种酸酸甜甜的，又刺激又美味的香味。接下来，我又感到有柠檬汽水的气泡吱吱作响，还有柠檬蛋白酥皮的奶香味令人回味无穷，此刻，我仿佛已经置身于一个柠檬味儿的美味天堂。

我看了看周围，想知道其他人的试吃成功了没有。我发现他们的脸上都泛起了笑容，除了霍勒斯。当弗里克、本尼和教授在吮吸着他们的糖果时，霍勒斯正在试着用他的门牙来咬糖果。很显然，他并不喜欢焦糖口味的糖果，很急切地想要直接吃糖果的夹心部分。

随着一声巨大的"嘎吱"声，我听到糖果在霍勒斯嘴里碎裂开来的声音，他的脸庞都涨成了棕色。

我们停止了吮吸，想看看霍勒斯在吞下了糖果里面所有奇怪的混合物之后，会产生什么反应。紧接着，我们就听到，从他的屁股后面传来了一阵巨大的放屁声，像是火山准备喷发一样。

"我——我觉得——我得赶快去趟厕所。"他呻吟着说道，然后一摇一摆地向门口走去。

他还是没有憋住。

随着一声剧烈的"噗噗"声，一股巨大的棕色气体从霍勒斯的屁股后面喷射而出，整个房间都充满了一股焦糖味道。

外面观望的人群传来一阵欢呼声。

"我再也不去玩带放屁声的坐垫了！""薯条爱好者"大喊道，"这个糖果太好玩了！"

"给我留一大罐。""海底章鱼"欧文喊道。

"能为我这个无辜的受害者考虑一下吗？"霍勒斯一边弯着腰，一边说道，"我再也不想放屁了！"

霍勒斯的抱怨很快就被大家遗忘了，因为此时，"猪排教授"的整个身体，开始在这股棕色气体的作用下，向着天花板缓缓上升。

"猪也能飞起来了！"本尼惊叫道，差点儿被他嘴里的蓝莓口味糖果给噎到。"教授飞起来了！"

这是真的。当教授吃完他的棉花软糖口味糖果之后，他自己也变成了一朵棉花糖。他的头和肚子，他的四肢和尾巴，都开始慢慢充气变大。他看起来像是一个巨型充气动物玩具，不断地向空中上升。

"小心尖锐的东西，教授！"当教授快接近屋顶上的木椽时，弗里克警告道，"如果有一根尖刺扎到你，你就完蛋了。"

"放心吧，弗里克，""猪排教授"换了一个姿势，开始仰面飞行，"没有什么东西能够扎到我的泡泡！"

"很——很有趣。"弗里克的声音突然一颤，"我——我只是——想提醒一下您。"

我惊讶地看着弗里克，她的整个身体开始变得僵硬，然后外面结了一层冰。她的眼睛一动不动地盯着外面，嘴还张着就被冻住了。

"我的天哪，这是冰雪女王啊！"霍勒斯尖叫

道，还用他的钩手拍了拍弗里克。"这个香草火山口味糖果的作用，就是给人降温啊。"

"是的，我感觉我的这颗蓝莓爆炸口味糖果也有种冰冻的作用，"本尼一边说，一边指着他变蓝的牙齿，"我感到我的满口牙齿都像被冻住了一样，而且浑身冰冷。"

我们等待着本尼变成第二个冰雕，结果，这只黑猩猩被一种隐形的力量吹了起来，就像一个被飓风吹走的玩偶一样，他被炸飞了，然后降落在了一篮子实验服里，浑身湿透，喘着粗气。

"我的天哪，这是海啸啊！"霍勒斯大喊着向他跑了过去，"你到底发生了什么？"

"我爆炸了呗！"本尼一边咳嗽，一边吐出了一大口水，喘着气说道，"真是清爽。呛了这一下过后，我就不用再漱口了。"

我转身看了一眼弗里克，她还是冻得梆梆硬。

"呃，教授，"我开始说道，"弗里克会……"

还没等我说完，我就感到有一股热热的糖浆流过我的舌头。接下来，我的整个嘴里都充斥着一种灼热的物质。

我真是紧张极了。熔岩夹心的味道就像是在世界上最辣的辣椒里面混合了剧烈的柠檬汽水，然后再放入一桶胡椒粉。

我的眼珠子开始膨胀起来。蒸汽从我的鼻孔里冒了出来。

我的嘴巴里开始冒火——是真的火！

我就这样被燃烧着，我也无法控制自己。

我张开嘴巴，想要求救，结果一股亮黄色的火焰从我嘴里喷了出来。

本尼和霍勒斯惊吓地向后退去。

"快跑啊，逃命吧！"霍勒斯大喊道，他的尾巴末端都被点燃了。"这里有一只喷火的狗失控了！"

我赶紧把我的嘴紧紧闭上了，但是霍勒斯着火的尾巴已经点燃了垃圾桶里火山形状的废纸屑。

他使劲晃了晃垃圾桶，发现没用，然后就拖着它走向窗边，打开一扇窗户，将这个起火的物品扔向了下面的百合花池塘。

当垃圾桶掉入水中时，发出一声巨大的"噼啪"声，然后就"咕噜""咕噜""咕噜"地开始慢慢下沉。

不一会儿，垃圾桶就沉到了水底，那些火山形状的废纸屑在水中飘来飘去，就像黑色的冰山一样。

我释然地长出了一口气，然后惊喜地发现，我嘴里火辣辣的感觉已经消失了。我的嘴既没有起泡，也没有烧伤，只留下一股柠檬的余味，让我记忆犹新。

我听到空中传来一声轻轻的口哨声，才发现"猪排教授"也开始排气了。他不再悬浮于房顶上，而是慢慢开始向地面降落。

"这次试吃很成功嘛，你们觉得呢？"他骄傲地说道，他浮肿的身体也开始逐渐回归正常。

"成功？"霍勒斯吱吱叫着说道，他钻在了长椅下面寻求掩护，"才不是呢。首先，我的屁股差点儿爆炸，然后淘气鬼又差点儿把我心爱的尾巴烧掉。"他抬起了他的钩手，说道，"我已经失去了一只手。如果我连另一只手也失去了，我可真不知道该怎么办了。"

"说到灾难，可怜的弗里克还冻着呢。"我一边

说，一边用手拍了拍这只一动不动的猫。

"这也没什么，只要在原料上再做些调整就好了。"教授兴奋地说道，这时他已经双脚着地了。"况且，那些旁观的学生都很喜欢我们的表演。"

他说得没错。整个走廊里满是尖叫的粉丝，大喊着教授的名字。

"教授！教授！

他做的糖果最棒。

比任何糖果都好吃。

完美无敌！"

外面的人群向窗户挤去，手中都拿着金币，请求购买第一批糖果。

效果越是危险刺激的糖果，买的人越多。

只有乔波看起来不太满意。他对我怒目而视，嘴里说了一句什么，估计又是一句威胁的话。

我不确定，他是不是想说：

但我的直觉告诉我，他此刻应该不想去面包店。

"抓紧买啦，再不买糖果就没有啦！"教授一边说，一边指着架子上剩下的五颗糖果。

"哦，你说得还挺押韵的，"本尼说道，"你应该当一个诗人，教授。"

"是吗？"教授想了想说道，"一位有名的诗人……不错嘛！"他抓起一颗橘色的火山跳跳糖，放进了弗里克张着的嘴巴里，唱道：

橘子恐怖

口味，

送给亲爱的你。

它会让你

全身上下，

温暖不已。

不用说也知道，这只冻僵的猫咪什么也没有说。

霍勒斯嘲讽教授这次说得并不太押韵。

"呃，橘子恐怖口味的糖果能制造出什么效果？"我好奇地问道。

"我也不清楚，"教授说道，"这是弗里克自己创造出来的化学公式。"他停顿了一会儿，然后又唱道：

所有事情都考虑周全，
就不会有抱怨。
我有一个
大胆的推测，
它肯定是
火焰！

"蹩脚的押韵，就像发霉的派，"霍勒斯抱怨道，"讨厌的火焰，更像发霉的派！"他抚摸着自己烧伤起泡的尾巴。"以后，我们还是吃那种普通的棒棒糖吧。"

第二轮试吃

霍勒斯允满怀疑地看着茴香云朵口味的糖果，而本尼正在想苹果炸裂口味的糖果会发生什么效果，我选择了树莓气泡口味，然后我们在地面上站好。如果这"糖如其名"的话，我就麻烦大了。

"猪排教授"选择了葡萄危机口味，这个紫色的火山形状糖果，看起来还比较好看。

"我倒数三下，我们就开始，"教授一边说，一边准备将紫色的糖果放进他的大嘴里，"三，二，一。"

窗外拥挤的人群突然间安静了下来，他们都默默期待着接下来会发生的事。

我们一起将火山形状的小糖果放入我们的口中——除了弗里克以外，她的橘子恐怖口味糖果已经在嘴里了，正在慢慢温暖她冻僵的头。

霍勒斯的脸突然扭成了一团。

"呃啊！"他气急败坏地说道，"这个茴香云朵口味的糖果，吃起来就像是一碗紫甘蓝菜，上面撒满了臭鼬的毛发和大象的粪便，哦，不，比这还难吃！"

"你要慢慢品味才能喜欢上这个口味。"本尼一边说，一边在一个凳子上懒懒地坐了下来，"我的苹果炸裂口味糖果吃起来还不错，这让我想起了新鲜出炉的苹果派。"

"你倒是幸运。"霍勒斯愤怒地说道。

"猪排教授"安安静静地吃着他的葡萄危

机口味糖果。巨大的紫色汗滴开始顺着他的眉毛和
脸颊流了下来。

"你好还吗？先生？"我担心地问道。

嗯……好吃。

"我没事的，小家伙。"他一边说，一边舔了舔嘴边的黏液，"我感觉好极了。这略带咸味的葡萄汁滴，吃起来味道很好。"

"啊，我可不这么觉得。"我心想，并感到有点儿反胃，我很庆幸自己选了树莓气泡口味，而不是什么紫色的汗液糖果。

我闭上眼睛，想象着自己正躺在一片阳光明媚的草地上，吃着刚从树上摘下来的新鲜树莓。

"啊，这才是生活啊。"我叹了一口气，说道。

这种幻想真是很令人放松，但是我知道，美好的白日梦终会有醒来的时候。

树莓的香味在我口中突然变得愈加浓烈，当我吃到里面的夹心的时候。

我瞪大了眼睛，两眼冒光。

我抓住了实验架的一端来让自己稳定下来，因为我感到有一股力量在敲击着我的肚子。

在我身旁，一缕黑烟开始从霍勒斯的耳朵里冒了出来，这就是茴香云朵口味的糖果制造的效果。他受了惊吓，赶紧用他的爪子和钩手捂住耳朵，但是这股黑烟又从他的鼻子里冒了出来。

"我就像个烟囱一样！"他抱怨道，此时，黑

烟又从他的嘴里冒了出来。"我就像是一个又黑又脏的烟囱一样！"

我的肚子里发出了巨大的"咕噜咕噜"冒泡声，这是一种低沉的颤抖声，震得窗户玻璃都发出了响声，我的下巴也跟着打颤了起来。

如果霍勒斯是个烟囱，那我就是个大地震制造者！

我的脚开始猛烈地颤抖，将地板都震得摇晃了起来，各种玻璃瓶都散落到了地上，砸得稀碎。

墙面也开始摇晃。石膏从天花板上往下坠落。

我想向教授求助，可他此时正躺在地上，伸出胳膊和腿，在一片紫色的泥里打着滚儿。他比在泥坑里玩泥巴的猪都高兴，完全忘记了周围发生的事情。

我的肚子又感到了一阵翻滚，教授的布谷鸟钟从墙上掉了下来，有一只小木鸟飞了出来，惊吓得叫了一声"布谷"之后，钟表便掉落在了地面上，发出了一阵"咔嗒""咔嚓""嘭"的

声音！将里面的各种弹簧和齿轮之类的零件，弹得到处都是。

虽然我不知道现在几点了，但我知道，灾难即将降临了。

弗里克像是看懂了我的想法，她惊吓地大声尖叫起来。她的毛发竖了起来，小火苗开始在她的耳尖燃烧、跳跃。

"快给我水！"她尖叫道，这也许是她此生第一次要水。"我需要水！"

她想移动，但她的脚外面还是结了一层冰，使她动弹不得。

她头上的火苗迅速燃烧起来，就像两只鹿角一样。

真是冰火两重天啊。这只可怜的猫，同时经历着丛林大火和暴风雪。

我必须赶紧带她离开这里。

我自己得先离开这里。

再这么下去，不是我翻滚的肚子把天花板震下

来，就是弗里克燃烧的毛发把椽子点燃，然后天花板一样会坠落。

我毫不犹豫地揽起弗里克的腰，把她往外拖，穿过浓浓的烟雾，她的身体还是一半结着冰，一半冒着火。

我每走一步，脚都会震动一下，弗里克在我身旁"刺刺"地冒着气。我们马上就要走到开着的窗户旁了，突然一只奇怪的多毛生物挡在了我们前面。

他的脸是绿色的，毛发也是绿色的，眼睛也是绿色的，就连他的牙齿也是绿色的——只有一颗牙，有点儿发黄。

"是本尼！"我惊叫道，"本尼，快让开。"

但是，绿色的本尼并没有让路。他只是举起了他长长的绿色手臂，呻吟起来，就像经历了生化危机后基因变异的幸存者一样。

他听起来像是饿了，或者着急去找牙医。总

之，他挡住了我们的去路，并没有想要移开的意思。

我也想过要不要给他一根绿色的香蕉，好让他让开。但后来我意识到，我没有绿色的香蕉——在那种情况下，我连黄色的香蕉都没有——要是给他再喂一颗糖，恐怕事情会变得更糟。

所以，面对一只呻吟着的僵尸，情急之下，我做了我唯一能做的事情（可不是吓尿裤子哦）。

我向前冲去，撞向绿色的本尼，这只受惊的黑猩猩开始向后退去。他的脚踝被窗框绊了一下，随着一阵惊吓的尖叫"啊啊啊"，他的整个上半身都倾倒向窗外。

紧接着，弗里克和我随着他一起翻滚了下去，我们三个同时跌入了百合花池塘那脏兮兮的、冰冷的水中。

当弗里克身上的火焰被扑灭时，发出一阵响声。

为了尽量避免将校长的宝贝金鱼吞进肚子里，我在水下待了几秒钟，火山跳跳糖还在发挥作用，我吐出了一个个气泡，向水面漂去。

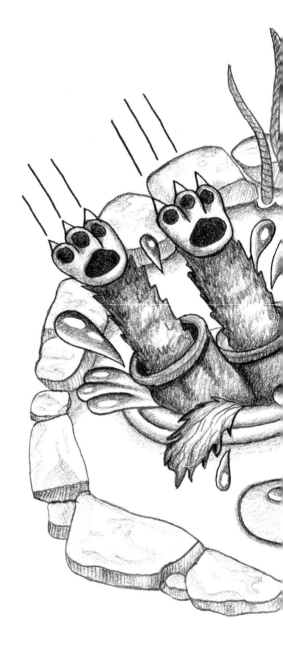

绿色的本尼迅速向岸边游去，然后开始狼吞虎咽地吃起了水草。

"啊嗯嗯嗯嗯嗯。"他开心地叫着，绿色的泥浆顺着他的脸颊流了下来。

当我肚子里的震动终于停歇了之后，我游到池塘边上，将弗里克拖到了地面上。她痛苦地呻

吟着，一点儿也不开心。

"我在冰里昏迷了十分钟，"她颤抖着说道，"一醒来就发现一只饥饿的沼泽怪和一只拉肚子的狗。这个世界是怎么了？简直太疯狂了！"

我抬起头，看见窗边是霍勒斯还在冒烟的脑袋。"猪排教授"站在他的旁边，现在他的实验服上全是黏糊糊的紫色液体。

"每个人都没事吧？""猪排教授"愉悦地问道。

"没——没事，只是……"弗里克小声说道。

"太棒了！"教授喊道，"我看，我们就开始大批量生产吧。"他看到绿色的本尼还在吃水草，又补充道："看在黑尾巴船长的份儿上，谁能把这只沼泽怪拖上岸，要不然，他就要把今天的午餐都吃光了！"

霍勒斯挠了挠他满是灰的脑袋，疑惑地问道："但我记得，我们的午餐不是田园蔬菜沙拉吗？"

"是的呀，"教授龇牙一笑，说道，"没有比水草更新鲜的蔬菜了，特别是上面还覆盖着酥脆的蜗牛壳。"

警报响起

　　当本尼恢复了正常肤色之后，从实验室的窗户里垂下来一根藤蔓，把我们湿漉漉的、颤抖着的身体拖了上去。

　　我们本可以从建筑后面的小花园门进去，但那就意味着，我们要穿过走廊里拥挤的人群。我们可没兴趣被诺拉·尼布尔斯沃斯采访，来谈谈我们的成功秘诀——如果我们的这种差点儿丧命的冒险经历算是一种成功的话。

　　"当一个名人可真难"，霍勒斯说道，顺便用他的钩手刮掉了门牙上的黑灰，"我的意思是，所有这些狂热的粉丝，都希望看到我们这些超级巨星的样子，即便是我们刚刚经历了一场火山跳跳糖灾难。"

"我觉得，他们感兴趣的是这些糖果，不是你的牙齿，霍勒斯。"弗里克一边说，一边用手绢把自己的身子擦干。

透过走廊的窗户向外望去，我看到走廊里被一大群人挤得水泄不通——里面有学生、教师、兴奋的快递员和嘎嘎叫的海鸥们，他们在周四的上午都闲来无事，都来这个疯狂的海盗学校里看热闹了。

我看不到乔波的踪影了，但是"海底章鱼"欧文还是紧紧地贴在窗户上，诺拉·尼布尔斯沃斯开始卖起了另一种徽章，上面写着：

选举"猪排教授"当市长。

人群里没有人关心我们差点儿丧命这件事。事实上，这种糖果所制造的可怕效果，正是让他们感兴趣的点。

　　我才刚刚往锅中加入了另一袋糖，就听见走廊里传来一连串的响声。

　　"叮咣，叮咣，叮咣！"

　　"叮咣，叮咣，叮咣！"

　　"我的天哪，已经到了午饭时间了。"教授一边说，一边低头看了看地板上已经破碎的钟表。"我得去采集一些蜗牛壳，来制作我的田园蔬菜沙拉了。"

　　本尼揉了揉他鼓起的肚子，然后发出一阵呻吟："哎呀呀呀呀。我已经吃了够多您的田园蔬菜沙拉了，这辈子都不想再吃了。"

　　"叮咣，叮咣，叮咣！"

　　"叮咣，叮咣，叮咣！"

　　这一连串的响声越来越大。

　　"嗯？"弗里克想了一下，说道，"三声铃响，紧接着又有三声。这种声音应该是火灾警报。"

我害怕地看了一眼实验室周围，希望我没有把另一张火山形状的纸屑点燃。

可是实验室里面并没有火苗，而且霍勒斯臭臭的身上，也没有了烟。

警报声仍在继续，很快我们就听到，温迪·维普通大声喊道：

"啊，臭水草！"教授惊呼道，"我肯定是将早餐时候做的炒鸡蛋放在炉子上，忘记关火了！"他赶忙催促我们往门外走。"你们听到鬣狗的话了吧。所有人赶快出去！"

虽然不是专业运动员，但是说到逃命，本尼和弗里克的速度那简直就是飞快，一眨眼的工夫，他们已经消失在了门外。霍勒斯紧紧地跟在他们后面，躲在了教授的腿底下。此时教授正忙着把剩下的实验糖果装进一个大玻璃罐里，所以根本没有注意到他。

"我可不想把这些漂亮的小糖果抛弃。"他一边说，一边跟着其他人一起朝走廊外走去。

站在凳子上的我过了一会儿才下来，也跟着逃了出去。因为我先是用一把汤勺戳到了眼睛，然后又跌跌撞撞地从凳子上面下来，紧接着就被冯铁心校长奶奶的骨架绊倒了，然后鼻子朝下跌落在了一大堆火花糖霜上面。

在我眼前，这些糖霜开始冒起了火花，我抬起头，看见这个可怕的骨架正低头看着我，那表情仿佛在说：

"你最好赶紧起来逃命吧，小男孩儿。要不然，这屋子里就会有两副骨架了！"

　　这位老奶奶的警告提醒了我，我得赶快行动起来了。我急匆匆地站了起来。我可是经历了大地震、大火灾和黑猩猩僵尸攻击的幸存者。我不可能因为一盘忘了关火的炒鸡蛋而丧命的。

当我走到实验室门口时，发现一大群学生都在迅速向建筑外撤离。我跑了出去，加入到撤离的人群中。

我像一条沙丁鱼一样，被挤在里面。我赶紧向前冲去，因为门口出现了更多逃命的人。

我很快就赶上了"猪排教授"，他一只手拿着他珍贵的火山爆发跳跳糖罐子，另一只手在给别人签名。"海底章鱼"欧文紧贴在教授的木桶腿上，然后用他的一根触角将木桶的水龙头打开了。

"哈，'淘气鬼'，你来了！""猪排教授"叫道，完全没注意到欧文正在他旁边喝起了苹果汽水。"你很聪明嘛——你故意留下来待了一会儿，把锅从炉子上拿了下来，对吧？如果校长知道，我在同一天早上由于忘记关火，引起两场火灾，他一定会立刻解雇我的。"

我一脸茫然地望着教授。

"你确实是把锅从炉子上拿下来了，对吧？"教授又问了一遍。

"呃……是的，没错，先生。"我喘着粗气说道。可实际上，我当时正忙着想象跟骨架的对话，完全忘记了身后还有一口巨大的烹饪锅在冒着泡。

"好孩子。"教授一边说，一边转过身去，在诺拉·尼布尔斯沃斯的日记本上签上了"棒极了"的字样。

我的作业本上从来也没有过这种评语。我的评语一般都是"不及格"。

教授和他那些狂热的粉丝们还在那里，而我却转过身去，朝人群的反方向跑去，希望能够弥补我的过失。

我感觉自己像一只小蝌蚪，逆流而上地游着。体型庞大、臭气熏天的海盗们从我身边冲过去，就好像我头上有靶子一样。考虑到我的鼻尖上还沾着火花糖霜，此刻正疯狂地冒着火花，这个比喻其实还是很恰当的。

逃跑的人群不断地碰撞着我。

"看看你跑的方向，你这只傻狗！"有人喊起来。

"你要回去取你的毛绒玩具吗？小毛狗？"有人嘲笑道。

我害怕我会被踩死，或者被这些讽刺的话气哭。

但是人渐渐变少了，我能够穿过一群稀稀拉拉的掉队学生，跑向实验室了。

我碰到一只树懒，名叫"慢性子"萨缪尔，他以极慢的速度走着。

"你……跑错……方……方向了……'淘气鬼'……"他用极慢的语速说道。

"没时间跟你聊天了，萨缪尔。"我一边说，一边跑过了他身边，冲向实验室的大门。

我向前望去，发现烹饪锅还在屋子里煮着东西，发出"咕噜咕噜"的气泡声。

"幸好没事儿。"

我本想用一大桶水浇在锅上，但是很快就意识到，这样会把实验室变成一个桑拿房，而且，十试管的熔岩夹心液体，那得制造多少蒸汽啊。

结果会爆炸吧?

我决定还是选择一个更为安全的办法,我爬上脚凳,想要将大锅从炉子上面拖下来。

我才爬到凳子最上面,就发现锅里的东西不对。之前锅里的水是清澈的,现在里面遍布各种粉色、黄色和红色的东西。我靠近了仔细看,思考着当我在走廊里艰难地往回走时,这东西是不是已经开始燃烧了。

"好好搅拌一下就能解决问题。"我低声说道,顺便拿起一把汤勺,开始放进锅里搅拌。这个混合物并没有煮沸,所以我觉得搅拌一下并不会出什么问题,搅拌完我再把锅移走。

这是我一生中犯过的最大的错误——虽然我之前也犯过很多错误。

当这些不同颜色的液体混合在一起后,它们开始产生了一些奇怪而可怕的反应。

一开始,它开始冒泡。橘粉色的泡泡上升到空中，在天花板上旋转跳跃，就像开派对时用的气球装饰一样，当它们飘到椽子上时，就破裂开来。

然后，它开始翻滚——在锅底发出一阵可怕的、震耳欲聋的声音。

最后，它开始往外冒，像鲜奶油一样起泡。

"嗯……真是奇怪？"

但是，与普通的鲜奶油不同的是，这个东西喷出了焦黄色的火焰，使我直接摔下了脚凳，重重地撞到了地板上。

我有种不祥的预感，并且充满恐惧地看了一眼教授的试管，这个燃烧着的液体混合物开始沿着锅边流了出来。

有十根试管并排摆放着。

其中七根装着熔岩夹心液体。

有三根是空的试管。

不用猜也知道是哪三根。因为有树莓和棉花糖的香味，弥漫在了空气中。随之而来的，还有一丝柠檬香气。

"空的试管原本装着的是：树莓气泡口味、棉

花软糖口味和柠檬熔岩口味。"我害怕地想着。

这三种液体都是爆炸性的。如果将其混合在一起，那么后果可想而知，绝对会是一场大灾难。

"黑尾巴船长救救我！"我大喊道，"这就是一场糖果大灾难！"

糖果大灾难

我用胳膊肘拖着身子往后退，我看到这个燃烧着的混合物液体顺着锅边喷射出来，其所及之处全部被点燃。布谷鸟钟表里的布谷鸟发出了一阵惨叫声，然后就被烧成了灰烬。

一包包糖粉在火焰中熊熊燃烧。教科书也被烧没了，冒出一股浓烟。

我亲眼看着冯铁心校长奶奶的骨架的整条左腿都被大火烧断了。

"哎哟，我的天哪。"我心想。

这个骨架仿佛又在看着我，说道：

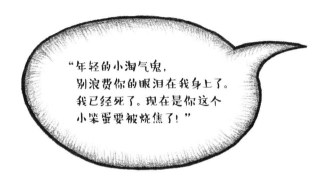

"年轻的小淘气鬼，
别浪费你的眼泪在我身上了。
我已经死了。现在是你这个
小笨蛋要被烧焦了！"

骨架奶奶是对的。

我必须赶快离开这里。

离我最近的撤离出口，就是那扇开着的窗户了。我四下张望，看到我的逃生路线已经被熔岩液体挡住了。

　　当我正准备离开时，我看到窗户附近的灰上面，有几个巨大的脚印。虽然我也不能确定，但是看着脚印的形状，非常像是一只咸水鳄留下的。

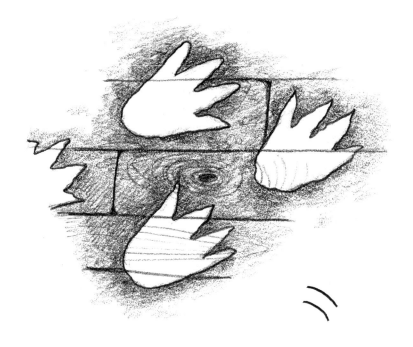

　　我的鼻尖开始刺痛——但这并不是火花糖霜的作用。

"一定是'大嘴怪'乔波！"我心想，"这个邪恶的坏蛋，肯定是他在锅里做了手脚。"

我突然意识到，厨房里可能根本就没有起火——这只是一个幌子，一个能让大家都撤离这座建筑的方式，这样一来，乔波就可以神不知鬼不觉地从实验室里溜出去了。温迪·维普通拉响了警报。那么德鲁奇奥·达席尔瓦此时又会在哪里呢？

虽然我很想知道答案，但是我得赶紧逃跑了。我先把乔波和他的坏蛋小跟班儿们抛诸脑后，开始向门口逃去。

到处都是燃烧的火焰和岩浆，整个地板都被点燃了。从冯铁心奶奶的骨架，一直到走廊，整条通道没有一处能走。我被困在一团熔岩的海洋里面，而我所在的小岛越变越小，我都能听见我的心脏每一次疯狂跳动的声音。

此时，冒着火焰的大块糖果开始从锅里喷射出来。大滴的岩浆在空气中吱吱作响，在实验室的墙壁上四处飞溅，然后像火球一样落下来。

我现在经受着来自地面和空气中火球的双重夹击。不论如何，我都必须赶快赶到门口，要不然我就要变成一根烤肠了！

我透过烟雾和火苗向外望去，希望能找到一个水晶吊灯，然后坐在上面摇过去。但这是个实验室，不是宴会厅，房顶上只有蜘蛛网。

我的下一个想法，就是吃一颗棉花软糖口味的火山跳跳糖，然后从岩浆上面飘过去。但是后来我记起，教授把剩下的所有糖果都拿走了。

"这只蠢猪！"我失望地大叫起来。

然后我就看见在冯铁心奶奶的骨架旁边，还有一辆手推车，里面放着淘气鬼学校的大帐篷。

在手推车周围有很多绳子、棍子和一大块布，正好够用来制作一架滑翔机。

"棒极了！"我不用飘着出去了，我要飞出去，离开这个是非之地。

我的热情也就持续了几秒钟，然而现实是残酷的。

我发现，我要安装好一个滑翔机，至少需要三天时间，而且还要从一座高山上才能起飞。我可没有三天时间，而且脚蹬的高度也远远没有山高。

最后，我意识到，手推车里的东西虽然不能帮助我逃走，但是手推车可以啊。

这是一辆老式的矿车，上面有着笨重的金属轮子，车身边缘是厚厚的木材制成。我虽然不太懂"火山学"或"糖果学"（也许根本没有这些学问），但我知道，这辆手推车一定能够帮我穿过这片糖果熔岩的海洋。

我双手紧握住手推车的把手，然后将其推往门口的方向。那个骨架用空洞的眼神望着我。

把这个可怜的奶奶骨架留在这里，或许有点儿残忍，特别是在她给了我这么多建议之后，所以我更不应该把她留在这里，我抓起她扔进了推车里。

我把这个头骨安置在手推车上成堆的布上面，她仿佛在说：

"抱歉了，奶奶。"我一边说，一边心中泛起一阵愧疚之情，因为骨架的其他部分我拿不了了，如果去拿了，我真就没时间逃命了。

为了赶紧避开这些火焰流星雨，我抄了个近路，一阵小跑，然后赶紧坐在了推车上。

在一阵"吱吱"和"刺刺"声后，手推车闯进了一片熔岩海洋之中。

普通学校的地板一般都是平的，与之不同的

是，淘气鬼学校的地板是朝下倾斜的。据说，万一哪个马虎的学生在暴风雨天气中忘了关窗，这样的设计可以防止雨水堆积在地板上。也或许是工匠本身技术不精导致的。不论是什么原因，向下的斜坡使得推车越跑越快。熔岩在我身后燃烧着，将推车后面都点燃了，我就像坐着一艘火箭一样，向门口冲去。

我还能听见大锅在锅炉上面翻滚的声音，眼看就要大爆炸了。我们离门口越来越近了。骨架奶奶回头盯着我，牙齿打颤，眼窝鼓胀。

"抓紧了，奶奶！"我大喊道，后来我发现，喊也没用。

接下来，就是一阵震耳欲聋的

轰隆声！

大锅在我身后爆炸了，将剩下的试管也炸得粉碎。

一股灼热的气流吹了过来，将推车的后侧也炸碎了，并且推动它以更快的速度向前跑去。

推车向门口的方向疾驰而去，就像一辆失控的驿站马车，火焰在其身后熊熊燃烧着。由于糖果大爆炸给它施加了巨大的动力，它根本就没有停下来的意思。

我疯狂地大喊起来："啊呜！"

奶奶头骨上的牙齿不停地在打颤。

推车穿过了走廊，两个轮子飞速地转动着，然后径直驶向了艺术教室的方向，朝那扇满是颜料的门驶去。

即使是门上坚硬的挂锁也无法让它停下来。

随着一声巨响，推车直接撞向了门，就像是一颗炮弹一样，让木门撞得粉碎，碎片四处飞溅。

接下来，我就被一堆幼儿园涂鸦画和其他大作围了起来。

推车穿过一幅有五只螃蟹在沙堡上跳踢踏舞的画，然后就径直撞向了一尊大理石雕塑，这个雕塑是学校的第一任校长黑尾巴博德所创作的，是一尊著名的黑尾巴雕塑，推车把它撞碎了，我又要因为损坏公物而被关三周的禁闭了。

我等待了一会儿，想要确定推车是不是已经停稳了。

有一罐颜料从架子上掉了下来，吓得一只蟑螂

匆忙逃跑了，然后便是一片寂静。

我紧张到不敢呼吸，赶紧回头看了一眼我所造成的破坏。

我惊讶地看到，实验室里不再是一片火海。奇形怪状的冰块在天花板上悬挂着，地面上也结了一层冰霜——这一定是香草火山口味跳跳糖的作用。

看到危机已除，我终于释然了，但是，不可否认的是，整个实验室已经被毁坏了。

天哪，我要负责承担这一切后果吗?

骨架奶奶望着我，仿佛在说：

"这种情况下，我很庆幸我已经死了!"

后果

"猪排教授"盯着这片废墟，这里曾经是他的实验室。

"我的天哪，你到底做了什么？"当我跟跟跄跄地走出艺术教室时，他喘着粗气问道。

"我把它重新装修了一下，先生。"我说道，想要让气氛变得不那么凝重，结果却使他更加生气了。

"不得不承认，这地方变得更破败不堪了。"霍勒斯说道。

"之前，它还挺有特色的，"教授大喊道，"而现在，它就只有……一堆洞了。"

我不知道该说些什么，他说的是对的。

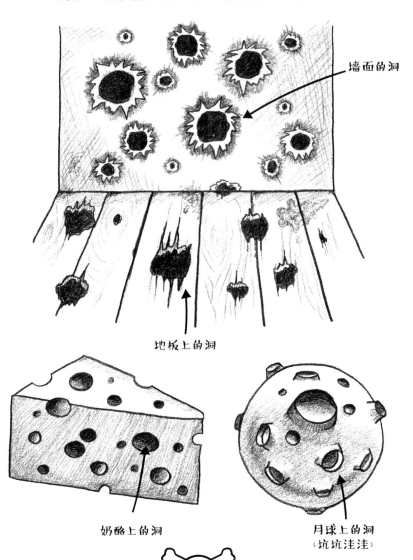

墙面的洞

地板上的洞

奶酪上的洞

月球上的洞
（坑坑洼洼）

墙上的洞确实是比一块瑞士奶酪上面的洞都要多，而地板就像是月球坑坑洼洼的表面一样。

当教授开始处理冰块之时，弗里克和本尼出现在了门口。

"我明白了，你一直在与冯铁心的奶奶为伴是吧？"本尼一边说，一边指着我胳膊里夹着的骨架。

"不是的。"我说道，然后把奶奶的头骨藏在了身后。

"你能解释一下，为什么实验室会变成像大脚怪住的山洞一样吗？"弗里克问道。

"呃，关于这事嘛——"我开始说道，但我又记起了什么事情，然后转而问道，"你们知道是什么引发了厨房的火灾吗？"

"炒鸡蛋啊，"弗里克用一种肯定的口气说道，"它们当时就在火上烤着，都烧焦了，还冒烟呢，就是一锅烧煳了的鸡蛋。"

"里面有蛋壳吗？"我继续问道。

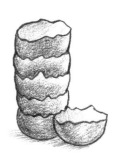

"在浓烟里，也看不太清楚，"弗里克说道，"但是，我的确注意到旁边有一堆摆放整齐的碎蛋壳。你为什么这么问？"

"因为教授的炒鸡蛋里面，总是夹杂着碎蛋壳。"我说道。

"继续，"弗里克说道，"你是说，有其他人将这些鸡蛋炒煳了？"

我点了点头。

"但是为什么这么做呢？"霍勒斯问道，"没人喜欢吃炒煳的鸡蛋呀？"

"为了分散大家的注意力，"我说道，"这样一来，乔波就可以偷偷溜进来，破坏这里的糖果了。"

"我的天哪，你真是个侦探！"霍勒斯一边说，一边用他的钩手指着实验室，"你觉得，这场灾难是乔波制造的？"

"乔波和他的霸凌团成员。"我说道。

"坏蛋乔波，就像发霉的派！"霍勒斯惊叫道，"还有臭点心发给他的小跟班儿们。"

"你能证明你的指控吗？"弗里克问道。

我向窗边有脚印的地方看了过去，那里现在已经变成了一个大洞。

"呃，现在不能了。"我说道。

"那，我们现在该怎么办？"弗里克问道。

"巧妇难为无米之炊啊。"霍勒斯说道。

"我们的朋友说得对啊。"弗里克说道，"我们既没有了工具，也没有了原料，根本就没有再做一批糖果的希望了。"

"至少，我们还有一些东西，可以弥补我们制造的麻烦。"本尼一边说，一边指向教授胳膊下面夹着的玻璃罐。

"一小罐糖果样品，可赔偿不了两座大楼的损失啊。"弗里克说道。

"呃，伙计们，虽然我不想带来更多坏消息，但是……"霍勒斯说道，"我们的法官大人赶来了。"

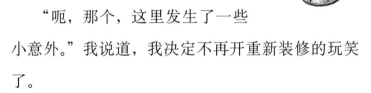

我转过身去，看到冯铁心校长的巨大身影出现在了走廊里。

"谁能告诉我，这里到底发生了什么？"他怒吼道。

"呃，那个，这里发生了一些小意外。"我说道，我决定不再开重新装修的玩笑了。

"一些小意外？"他怒吼道，"这里看起来，像是发生了一起大爆炸！"

"至少我们把奶奶平安救出来了。"我一边说，一边递给他奶奶的头骨，"嗯，这是她的一部分。"

校长看起来并不高兴。他抓起头骨，放到了他的腋下，就像夹着一颗橄榄球一样，然后生气地说道："首先，你们毁掉了我的办公室，然后，你们又把我亲爱的、已故的奶奶仅存的骨架给烧掉了。你们能有什么理由，让我不把你们就地开除？"

"首先，这需要准备很多文件材料的，"霍勒斯

"我可怜的
奶奶啊！"

190

说道，"这样一来，您就要在春天游乐场营业的那个周末，填写无数张表了。"

"根本就没有表了，你这个蠢货！"校长怒吼道，"当你们把我的办公室炸毁的时候，那些表早就化为灰烬了！"

"哦，"霍勒斯害怕地说道，"那么，在这种情况下，您应该就可以直接开除我们了。"

"等一下，"我说道，急切地想要挽回现在的局面，"我们还有一个办法能够赔偿损失。"

"得了吧！我听够了。"校长一边说，一边举起了手，示意我别再说了，"你的上一个筹款计划，已经快把整个学校给毁了。不管你要计划什么，最后肯定会以失败告终。"

"您就听我说说吧，先生。"我恳求道，"如果您觉得我的主意不可行，我保证立马收拾行李，坐第一班渡轮离开这里。"

校长狠狠地盯着我，看了好久，然后说道："那最好是一张单程票，麦克斯鲁夫。我已经受够了你的恶作剧，此生再也不想看见你了。"

191

"可以啊，先生"，我说道，"我保证，如果不行的话，我就再也不踏上这座岛屿。"

　　"那好吧。"他说道，"现在，赶紧说出你那大计划。最好简短一些，我还有一所学校要管理，还要给这些灾难一个解释呢。"

大计划

我深吸了一口气，希望我的大计划能够让校长满意。

"是这样的，先生，"我开始说道，"我在想，我们可以在春天游乐场开业之时，进行一场厨艺大赛。您知道的，我们邀请到像艺术大赛那样的知名评委，还要设立一个诱人的冠军奖项。"

我快速地看了一眼弗里克，在我提到艺术大赛时，她皱了一下眉。很显然，她还没有获得参赛资格。

冯铁心校长考虑了一下。

"你这个愚蠢的厨艺大赛，怎么能给我筹集到巨额的资金？"他怒吼道，"不但如此，我还得为这个大赛的奖品付钱呢。"

"哦，不是的，先生，"我说道，"冠军已经在这儿了。"我指向胳膊下面夹着一罐火山跳跳糖的"猪排教授"。

"等一会儿，"教授将手中的这罐糖拿开了，说道，"这些糖可是我的！"

"理论上来说，这些糖属于学校公共财产，"校长说道，"除非你们自己支付原料费用。"

"呃，那——那算了，"教授结结巴巴地说道，"但是，我做的火山跳跳糖很特别。它们是独一无二的。这个独家制作秘方……很……很珍贵。"

"确实很珍贵，教授，"我肯定地说道，"这就能保证我们肯定能拿冠军。整个岛的居民都期待着品尝您做的美妙糖果，但是只有厨艺大赛的冠军，才能得到糖果的制作样品。"

"我的天哪，"霍勒斯惊呼道，"真是个好主意啊。每个糖果爱好者、业余厨师和甜品美食家，都会来到恶霸港参加大赛的，而且参赛的作品一定会特别诱人。"

"没错。"我说道。

"那做出来的一堆海绵蛋糕和椰子口味冰激凌之类的甜品，如何能够赔偿我的损失？"校长怀疑地问道。

"是这样，"我咧嘴一笑，说道，"您觉得，一旦宣布了冠军得主之后，这些所有的参赛作品会怎么样呢？"

"它们会变成食物大战的炮弹，用来攻击对方！"霍勒斯一边说，一边举起了他的钩手，"来吧，飞翔的派！"

"不对，你这个傻瓜，"本尼一边说，一边敲了一下他的后脑勺，"我们可以把这些食品卖给饥饿的游乐场顾客呀。"

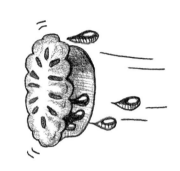

"噗，"霍勒斯生气地说道，"一个无聊的蛋糕成品摊，远没有直接当面做蛋糕那种售卖方式有趣。"

"但是，一个无聊的蛋糕成品摊，也是能让我们赚钱的。"弗里克说道，她绿色的眼睛里开始冒起了光，"特别是那些人们都喜欢的美味饼干和巧克力甜品。"

"嗯。"校长一边说，一边低头看了看糖果罐，"这倒是值得一试。不过，如果整个计划失败了，我还是要把你们四个都开除，然后让你们坐船离开这个岛屿！"

霍勒斯倒吸了一大口气！

"我们肯定会成功的。"

"猪排教授"紧紧地握住糖果罐，说道："那我怎么办？我这个老教授，能从你这个愚蠢的计划里面，得到什么？"

"你能保住你的工作，"冯铁心校长说道，"如果你足够幸运的话，还能给你新建一个实验室。"

"那里面能装一个泥巴浴缸吗？""猪排教授"充满渴望地问道。

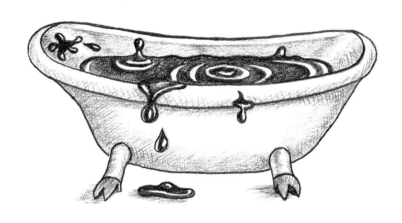

这是一个泥巴浴缸……
或者，这其实就是一个普通浴缸，
里面装着特别脏的脏水！

"我怎么能知道呢？"校长怒吼道，"我又不是浴室设计师。现在，停止你们的抱怨，在我改变主意之前，赶紧发广告，请一个新厨师来——要请一个真正会做饭的啊。"话音刚落，他就转过身去，朝走廊走去，胳膊下面还夹着奶奶的头骨。

"猪排教授"长叹了一口气，然后把火山跳跳糖果罐递给了本尼。

"想成名的代价可真大啊。"这只丧气的猪抱怨道。

"现在能这样，已经不错了，"我说道，"我们仍然需要一位有名的厨师来做我们的评委，而您就是我们的主要候选人。"

"好处在于，您的名字会出现在每一份海报上。"弗里克说道，顺便看了一眼她的画册，"看，我已经设计出了海报的草图了。"

她翻开一页纸，递给我们看。

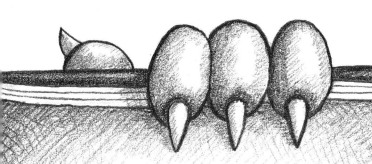

你想做一名厨师吗？

你想获得一份美味的大奖吗？

现在就参加"猪排教授"的
"蛋糕与糖果厨艺制作大赛"吧！

获得冠军者，将赢得一罐
"猪排教授"制作的火山跳跳
糖，
这是世界上销售最火爆的
糖果。
参赛资格可以免费获取。
参赛条件及要求如下：

参赛条件及要求：
参赛作品不接受焦糖味耳蜡和鼻涕泥。所有参赛作品将成
为糖果摊位的财产，并可能被出售，以筹集资金，用于崇高
的事业。参赛作品必须在星期六上午十点前送到春天游乐场
糖果摊位置。

"我有什么遗漏吗？"弗里克问道。

"在不接受的参赛作品名单里，你漏了'糖衣蜗牛壳'，"霍勒斯回答道，"我真是讨厌这些硬硬的东西。"

"真是抱歉了，"弗里克翻了个白眼，说道，"那现在，如果没有什么需要补充的话，我们就赶快去学校的打印店把海报打印出来吧。"

很快，我们就把海报打印了出来。

接下来，就是张贴海报，到处宣传，直到大家都知道了关于"猪排教授"的"蛋糕与糖果厨艺制作大赛"的事情。

我们花了一整个下午，忙着在整个恶霸港的所有灯柱上、橱窗上和船的桅杆上张贴海报，还给几个船长带来了麻烦，因为他们的船员都放弃了航海任务，并跑到最近的厨房里开始制作甜品。

甚至是当地的一位名叫格伦尼斯·古根胡佛的艺术家，之前本来为了参加艺术大赛正在进行疯狂的创作，在听到我们的大赛消息后，她居然在创作过程中放弃了画笔，然后宣称：

　　"嘎嘎叫"先生也给了我们反馈，说他找到了合适的位置，可以用来放置我们的糖果摊，就在恐怖过山车旁边。那个周五下午，我们在游乐场集合，开始组装淘气鬼学校的帐篷。

　　在经历过实验室的大爆炸灾难后，这个帐篷的状态看起来有点儿糟糕，但是霍勒斯在他床底下的盒子里找到粉色老鼠派旗帜，将帐篷烧破的洞给补上了。

　　"看呀，这上面还有棒棒糖和糖果棍呢。"霍勒斯一边在糖果摊前面挂彩旗，一边骄傲地说道。

　　"你确定你不留着这些漂亮的粉色彩旗，在春天游乐场的芭蕾舞表演时使用吗？"本尼笑着说道，"毕竟，你是个爱旋转的老鼠派！"

霍勒斯高昂起鼻子，说道："旋转练习可不能用来开玩笑，本尼，它是一项严肃的练习项目。"

"哦，现在还是吗？"本尼笑着说道。

"当然是呀，"霍勒斯怒气冲冲地说道，"你要想笑话我，就随你便吧，但我可不像你，把柠檬酥皮派在恐怖过山车上撒得到处都是。"

"我又没吃柠檬酥皮派。"本尼傲慢地说道。

"好吧，那你就是吃了炸香蕉！"霍勒斯生气地说道。

一个困倦的春天早晨

第二天一早，我早早就起床了，我看到太阳在地平线上刚刚升起，整个天空都发出了红彤彤的光芒。春天的花香味弥漫在空气中——也或许是从女生宿舍传来的香水味。在参加集会的时候，女生们确实喜欢精心打扮一番。我所能确定的是，从窗外飘进来的香气中，肯定有新鲜烘焙的美味蛋糕香气。

霍勒斯和本尼还在床上打着呼噜，我就已经出发了，我想在春天游乐场开门之前赶到，迎接接踵而至的参赛作品。

透过狭小的窗户，我看到"慢性子"萨缪尔用他那树懒的极慢速度一点点挪动着，他正在穿过学校的操场，手里拿着一块精美的粉色蛋糕。诺拉·尼布尔斯沃斯快速地超越了他，手里拿着一大堆胡萝卜口味杏仁饼。这位兔子海盗这次又佩戴了一枚新的徽章——这枚徽章特别显眼！这姑娘似乎

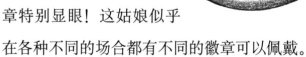

诺拉·尼布尔斯沃斯
#1
身为厨艺冠军

在各种不同的场合都有不同的徽章可以佩戴。

我正忙着看这两位学生，完全没注意到有三个身影出现在了走廊里，直到我差点儿撞上他们。

我赶紧向后退去，结结巴巴地道起了歉，这才发现，原来是乔波和他的小跟班儿们，他们都穿着华丽的服饰。

从温迪·维普通穿的特大号的黑色舞会礼服和她难看的眼影来看，我估计她就是灰姑娘的那几个丑姐姐之一。

德鲁奇奥·达席尔瓦还是一如既往的英俊，但他似乎打扮成一个殡仪馆工作人员。我只希望这只野狼不是去参加我的葬礼的。

"大嘴怪"乔波穿着一件普通的黑色 T 恤衫，上面写着：

"哼！我是个秘密特工。"

白色的大字特别显眼。

我觉得，乔波已经泄露了"他是个秘密特工"的机密。

"看好你的路，困狗。"他怒吼道，在晨光中，他锋利的牙齿冒着寒光，"你在这里梦游，差点儿把一份珍贵的参赛作品毁掉了。"

我低头看见，他用他那结实的臂膀，托着一个金属托盘。上面用格子布盖着几块东西。这些东西闻起来一点儿也不香。事实上，它们比霍勒斯的脏衣服还臭。我在想，这些霸凌团成员到底制作出了什么样的蛋糕，又怪又臭。

"你——你们做了什么？"我尽量提高音量，结结巴巴地说道。

"我才不会告诉你，你吃了不就知道了吗？"他厉声说道，"你会品尝所有的参赛作品吧，不是吗？"

"是的。"我害怕地说道，"但是，最终结果由教授来判定的，不是我。"

"没关系。"乔波笑着说道，这笑假得就像温迪·维普通的假睫毛一样，"我保证，你们俩都会喜欢我们准备的作品的。哦，这里面可不含巧克力，就是专门为你准备的。"

他暗自窃喜了一下，然后径直朝楼梯走去。

温迪发出一阵邪恶的大笑声："哈哈哈哈哈！"最后，德鲁奇奥还狡猾地跟我道了个别。

"祝你有个好胃口，困狗。"他假装用一种贵族口音说道，"用餐愉快。"

"我才不会用你们的餐呢。"我甚至都想把口水流在他那剪裁考究的夹克上面，或者在他那名牌裤子上面踢一脚。但是最终，我只是眼看着他跟着他的伙伴们大摇大摆地离开。毕竟，集会的这一天不适合复仇，我还要忙着别让自己被开除，不让自己坐着一去不复返的船票，开往——也许是南极洲？哎呀，好冷。

当我走到学校门口时，正好碰见了弗里克，我们一起翻山越岭，朝游乐场的方向走去。

"你这一套武士服看起来不错。"我说道，试着找点儿话题。

弗里克叹了一口气，说道："我只是穿了一身黑，但这并不代表它就是一套武士服。"

"哦。"我有点儿尴尬地说道，"那你穿的是什么服装？"

弗里克失望地再次叹了口气，她指着她的高领毛衣，说道："你看不出来吗？我是一位超酷的潮流艺术家，经常出入高级咖啡厅，然后口中说着

"呃，好吧。"我说道，不知道该如何回应她，"嘿，是不是大艺

'黑色总是很新潮——特别是当晚礼服。'"

术家安东尼奥·安东尼乌斯也有一件一模一样的毛衣？"

"我怎么知道，"弗里克酸溜溜地说道，"我一直在忙这个糖果生意的事情，哪有时间去见他。"

"我想，你应该还没有完成你的艺术大赛参赛作品吧？"我犹豫地问道。

"我还没开始创作呢，"弗里克抱怨道，"我根本就没有时间，也没有灵感。我想我注定参加不了

了。"

我正准备开口回应，但是弗里克很快就转换了话题。

"那你为什么选这套衣服？"她问道。

"我的衣服？"我问道，"我没有穿什么礼服啊——"我突然停了下来，意识到我确实穿了不同寻常的衣服。我穿的并不是时髦的华服或超酷的套装，更不是去高级咖啡厅的衣服。

事实上，我穿的是——睡衣！

我当时着急赶往游乐场，完全忘记了换外套了。更糟的是，我穿的是带小狗爪印图案的连体睡衣，还有毛茸茸的拖鞋，还戴了一顶配套的睡帽。

这是在我上一个生日的时候，穆思舅舅送给我的礼物，我的舅舅穆思根本就没有什么时尚品位。

在旁人看起来，我一定就像是一个没睡醒的幼儿园小宝宝一样。怪不得乔波会叫我"困狗"。

"哦，真是碰了狗屎运，"我抱怨道，"大家都会议论这件事了！"

"别傻了，不会的。"弗里克一边说，一边指向

大门口的两个恐怖小丑装扮的人，"这地方就是个化装舞会一样的地方，你会很快融入进去，没人会注意你的。"

不管是不是化装舞会，我还是觉得自己打扮得像一个大婴儿一样，在这里尴尬地等待着第一份参赛作品送过来。

"猪排教授"突然闯入了我的视线中，他手拿着他的糖果罐，嘴里还唱着哄睡的儿歌。通过他的打嗝声，还有他空空的木桶腿来判断，我估计他早餐一定是喝了太多的苹果汽水，以至于他的走路声都变小了。

 睡吧，睡吧，淘气鬼，
别在宿舍里跑来跑去了。

——打嗝——

别再到处淘气了，
从早到晚不停歇。

——打嗝——

别再敲窗户了，
别再对着门哭泣了。

——打嗝——

谁知道几点了？
我把布谷鸟钟打碎了！

——打嗝——

"布谷!"

弗里克给教授鼓起掌来，然后提议让他和本尼来个合唱，因为"鲨齿岛厨艺大赛"马上就要开始了。

而我却建议教授，早餐时不要饮用过多的气泡饮料。

通过他巨大的打嗝声，我估计他应该更 喜欢弗里克的建议。

当游乐场的大门打开之时，所有在海边小屋剧院合作演出的想法都被我们抛诸脑后了。

在艺术家转行为蛋糕装饰家——格伦尼斯·古根胡佛的带领下，我们来到了评审席的桌子那里，一群兴奋的动物朝我们跑来。我说跑来的意思就是，他们真的是以最快的速度冲了过来，还拿着一个六层生日蛋糕。

这场面真是壮观啊——一群厨艺爱好者和精通厨艺的学生都一窝蜂地朝我们这个简陋的糖果摊里涌来。

这些蛋糕爱好者们所做的蛋糕，尺寸可真是惊人。就在五分钟前，我就看到了一个姜饼做的海盗船，上面有杏仁饼做的船帆；用一千个巧克力纽扣制作的"没用的灯塔"模型；"鲨齿岛"模型蛋糕，上面有果冻做的海浪和华夫饼做的建筑模型；还有一个用黑巧克力做的黑尾巴博德船长真人雕塑，这座巧克力雕塑比艺术教室里放置的那个大理石雕像还要逼真，而且它的尾巴还是完好的。

我们都在疯狂地工作着，忙着给每一个参赛作品贴好标签，然后放置于展示台上。有些作品的体积实在过于庞大，我们不得不把它们立在地面上，要不就比帐篷都高了。我们甚至收到了海鸥制作的一个仙鸟群形状甜品，我们只能把它们悬挂在天花板上，以免它们黏在桌布上。

本尼和霍勒斯突然出现在视线中，穿着配套的黑色套装和眼罩。

"嘿，这武士服不错嘛。"当他们鬼鬼祟祟地挤进人满为患的糖果摊儿周围时，我说道。

本尼翻了一个白眼。

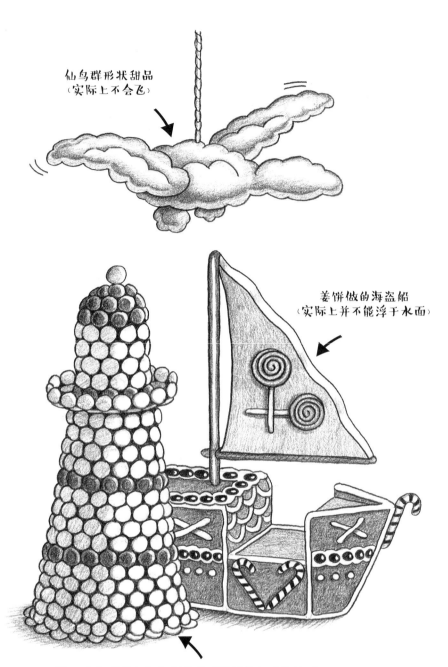

仙鸟群形状甜品
（实际上不会飞）

姜饼做的海盗船
（实际上并不能浮于水面）

用一千个巧克力纽扣制作的"没用的灯塔"模型
（这数字不是我数的）

218

"我们穿的可不是什么武士服。"他说道。

"那你们戴的面具和黑色套装是装扮的什么？"我疑惑地问道。

霍勒斯本想也翻一个白眼，结果翻成了对眼儿。"这是我们的超人服，傻瓜，你不知道吗？"

我快速地看了一眼弗里克："说到漂亮衣服时，我总是没什么概念。"

"那好吧，那我就给你讲讲，我们穿的可是整个春天游乐场上最潮的超级英雄装扮。"霍勒斯吹嘘道，"本尼装扮的是'黑暗船长'，而我就是他勇敢无畏的好伙伴'影子男孩儿'。"他挥舞起了肩上的黑色斗篷。

"只要有困难，'影子男孩儿'就会出现……"

"科学地来讲，你需要有光，才能制造出影子。"弗里克插嘴道。

"喊！"霍勒斯嘲讽道，"时髦就行了，要什么科学理论？"

"没错，"本尼插话说，"就是科学把我们搞成这般境地的。"

219

影子男孩儿

黑暗船长

"虽然我不想承认，但你们俩今天确实比平时看起来潮啊。"弗里克一边说，一边将一盘黑加仑蛋挞移了过来，为了给黑森林蛋糕腾出一些摆放空间。

"毕竟，说到潮流，黑色可是永不过时的，特别是作为晚礼服来说。"霍勒斯再一次夸张地挥舞起他的黑斗篷，说道，"我们本来就是夜行动物！"

"说到夜晚，"本尼一边说，一边将注意力转向我的小狗爪印睡衣，"你让我想起了儿歌里的哄睡小狗角色。"

"嗯，你应该是想说，我很搞笑吧……"我正想接着往下说，突然被一阵从糖果摊入口处传来的粗哑声音打断了。

我抬头看见了"大嘴怪"乔波，他拿着一盘东西走进了帐篷，感觉像是干牛皮之类的东西。

我以最快的速度，下意识地躲进了离我最近的桌子下面。

一份不受欢迎的参赛作品

是的，我承认，躲在桌子底下，让我的朋友们去面对这座岛上最大的霸凌团，确实显得很懦弱。但是，话说回来，谁让我的朋友们都叫我"哄睡小狗"，而他们都是穿着前卫的"超级英雄"呢？

"让那些穿着黑色武士服的家伙，来对付他们吧，"我告诉自己说，"他们既有力量，又有时尚品位。"

我向远处看去，发现霍勒斯和本尼也在旁边的桌子后面躲了起来。很显然，他们也不是他们自己口中所说的超级英雄。

"怎么了？"霍勒斯小声说道，仿佛读懂了我的想法，"我们最大的超能力就是躲避。"

我听到乔波朝弗里克的方向大步走去，此时弗里克正一个人站在那里，看着教授拖着诺拉·尼布尔斯沃斯做的胡萝卜味杏仁饼塔，在走廊里艰难地走着。毫不意外，诺拉也戴着一枚的徽章，上面写着： ➡️

"猪排教授"是这个世界上最知名的厨师。

显然，诺拉想要通过拍马屁来赢得比赛。

乔波不太友好地走了过来。

"我有一份参赛作品，要交到你们这个愚蠢的厨艺大赛组委会这里。"这条鳄鱼怒吼道。

"嗯，好的，"弗里克尴尬地说道，"你要交什么作品？"

"石头蛋糕。"乔波不屑地说道，然后将托盘重重地扔在了桌子上，发出一声巨响！"这对于鳄鱼来说，可是极品美味。"

"肯定是的。"弗里克说道，但她的语气听起来充满了怀疑。

"什么时候开始评判？"乔波问道。

"十点整开始，"弗里克说道，"但是结果不会马上出来。"

"我感兴趣的是试吃环节。"乔波厉声说道，"我特别想知道，你们这些奇装异服的怪咖，会觉得我的石头蛋糕味道如何。"他停顿了一下，然后四处嗅了嗅，说道："你们没看见那只一无是处的狗吗？他叫困狗麦克，你们看见他了吗？他已经答应了我，要把我的参赛作品都吃掉。"

"我，呃，觉——觉得，淘气鬼现在应该正在睡觉吧。"弗里克结结巴巴地说道。

"哼，那他最好赶紧醒来。"乔波侧身靠在桌面上，说道，"作为评委之一，还无故缺席，这可会造成不好的影响。"

我退缩到了桌子的黑影里，希望我白蓝相间的睡衣不要暴露我的踪迹。下次我保证，一定要穿黑色的衣服。

"别担心，'淘气鬼'就在附近。"弗里克一边说，一边重重地踢了一脚藏在桌子下面的我。

我把手塞进嘴里，以防止自己疼得叫出来。

"十点整啊。"乔波一边说，一边大步走出了帐篷，"我可等着他呢……"

"咚，咚，咚，咚，咚，咚！"

我一直等到他的脚步声被游乐场人群的闲聊声所湮没时，才从桌子底下探出头来。

"你这是在干什么？"弗里克问道。

我盯着托盘上那些蛋糕，看起来不像是能吃的样子。"我觉得乔波是想要毒死我，"我害怕地说道，"或者至少让我胃里难受。"

"他的石头蛋糕，看起来确实更像是石头，而不像是蛋糕。"弗里克承认道。

霍勒斯出现在了我们旁边，用他的钩手在石头蛋糕上重重地敲击了一下。

弗里克竖起耳朵听了起来。

"嗯，"她说，"从这声音振动的频率来看，我怀疑里面有牛粪和混凝土。"

227

咣当！

霍勒斯抽了抽他的鼻子，说道："不用讲这些科学理论，就单从这东西的臭味儿来判断，我怀疑里面就是一大堆牛粪。"

"拿牛粪和混凝土来参赛，肯定会被取消资格吧？"我问道。

"不幸的是，禁赛作品名单里并没有牛粪和混凝土。"弗里克一边说，一边指着乔波的报名表下面那一行整齐的印刷字体，念道，"大赛明确规定，我们必须品尝每一道参赛作品。当然，狗和猫可以不用试吃含有巧克力的参赛作品。"

"我怀疑，这些石头蛋糕里，可没有巧克力那么美味的东西。"霍勒斯咧着嘴说道。

"说到巧克力，"本尼一边说，一边也从桌子下面爬了出来，"我刚创作了一首海边小屋说唱歌曲，来帮助提高我们的产品销量。你们想听一听吗？"

"当然，"我说道，"只要是有助于帮我转移注意力的都可以，我可不想一直想着乔波的混凝土蛋糕。"

"公正地说，这些蛋糕当作鼓来敲，还是不错的。"霍勒斯一边说，一边用他的钩手在石头蛋糕上敲了起来。

"咚，咚，锵！""咚，咚，锵！"

"咚，咚，锵！""咚，咚，锵！"

本尼热情地跳了起来，挥舞着他那长长的手臂，差点儿把一堆巧克力泡芙打翻。

来吧，来吧，大家都凑过来。
别错过我们的蛋糕和糖果摊。

这里有各种甜点，
人人都喜欢。
比如松露球
和鲜奶油面包圈。

也许你更喜欢樱桃饼干，
还有柠檬芝士蛋糕，
听起来超酷炫。

你可以先来尝尝巧克力片饼干，
还有美味的蛋挞你喜不喜欢？

这里有香甜的奶糖，
也有硬硬的糕点。
你可以买一个尝尝，
保证你还想要更多甜点！

这里有太多

美味的甜点，
你会成为回头客，
吃完还想要更多。

我们还有巧克力喷泉，
就像一个美丽的乐园！

所以别犹豫，
也别离开，
赶快走进来，
甜品尝起来！

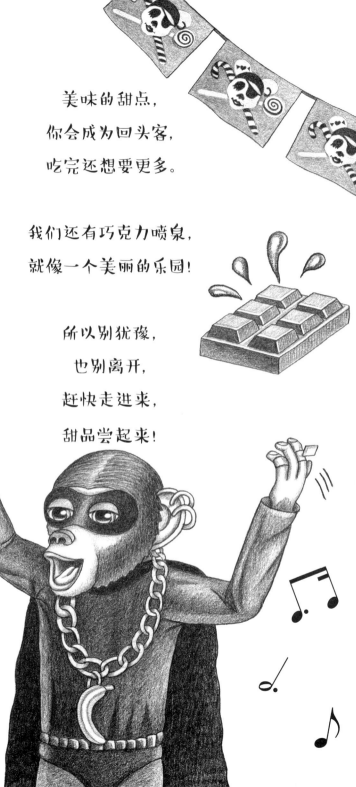

随着最后的鼓声在石头蛋糕上被敲响："咚，咚，锵！"歌曲结束了，本尼深深地鞠了一躬。

"猪排教授"没有给他起立鼓掌，倒是起立给他吩咐了一个任务。

"快过来吧，你这个懒虫！"教授在糖果摊前面喊道，"我正忙着摆放这些奶油派和蜜枣布丁，而你却在这里给你的困狗朋友唱哄睡儿歌！"

"冷静一点儿，教授，"本尼说道，然后慵懒地走到了正在气头上的教授身边，"离评判时间开始还早呢。"

我正了正我的睡帽，然后打了一个哈欠，回去继续给参赛作品分类了。

游乐场的乐趣

十点钟马上就要到了，霍勒斯开始变得不安起来。

"能给我们放个假吗，教授？"他充满渴望地望着恐怖过山车的方向，然后抱怨道，"我们已经在这个糖果摊上工作了好几个小时了，我都能听到恐怖过山车在呼唤我的名字。"

"哦，那只是我在叫你。"本尼一边说，一边擦掉了他闪亮的痞子风戒指上面的粉色糖霜，"我需要你帮我个忙，将'海底章鱼'欧文做的甜甜圈重

新归置一下。他把两个圈黏在一起，想做成一个'8'字形状，但它们太滑了，老是分离开来。别担心，我现在就把它们弄好。"

"我还是想放个假。"霍勒斯恳求道。

教授看了看这些蛋糕和饼干，目前已经将糖果摊的所有位置占得满满当当，然后又看了看仍旧排着队、等待提交参赛作品的厨艺爱好者们。

"哦，那行吧，"他不情愿地说道，"我来处理剩下的一些蛋糕和南瓜派，你们四个去疯玩吧。评判的时候还需要你们保持一个好胃口，所以去放松一下对你们也有好处。"

"是的，教授。"霍勒斯一边说，一边激动地指着恐怖过山车上面的雪山，"在暴风雪山上面，我们会得到最好的放松。"

"但你们必须要保证十点前赶回来哦。""猪排教授"在我们身后喊道，此时我们已经跑远了，着

234

急去游乐场玩耍，"我们还有一大堆蛋糕要处理呢。"

我们一刻不停地赶往恐怖过山车的售票处，差点跟"嘎嘎叫"先生撞上。这只彩色的巨嘴鸟不再戴着他那顶生锈的灰色骑士头盔了，而是换上了一顶闪亮的黑色武士头盔。

"黑色永远不会过时，"我自言自语道，"不论什么时候……"

"嘎嘎叫"先生在肩上扛了一根长矛，上面挂着一面黑旗，写着：

快去逛逛"猪排教授"
的蛋糕和糖果摊。

"这个广告效果如何？"霍勒斯问道。

235

"有好有坏。"巨嘴鸟回答道。

"大家都对糖果摊很感兴趣，却对我没兴趣。"他将旗子翻了过来，背面还有其他广告语。

"怎么会没兴趣！"霍勒斯生气地说道，"谁能抵挡免费蛋糕的诱惑？"

"应该是一些漂亮的姑娘们，""嘎嘎叫"先生失落地说道，"很显然，她们只想要蛋糕，而不想看见一只巨嘴鸟在那儿宣传。"

"哎哟，"本尼一边说，一边拍了拍他的翅膀，"她们这么没礼貌啊。"

"至少她们会去糖果摊买蛋糕的。"霍勒斯说道。

"嘎嘎叫"先生尾巴上的羽毛耷拉了下来，紧接着就是一阵尴尬的沉默，这时，从恐怖过山车上传来一声恐惧的尖叫声，打破了这片寂静。

"你为什么不来跟我们一起玩呢？"本尼问道，"这肯定会让你开心起来的。"

接着又传来一声恐惧的尖叫声，我赶忙说道："与春天游乐场上最优秀的单身汉约会吧，每次见

面都能吃到免费蛋糕。

"你坐上这恐怖过山车，就会忘记你的痛苦……"

"嘎嘎叫"先生还是站在原地不动。

"快来吧，胆小的小猫咪，"本尼一边说，一边摇晃着一口袋钱币，"我请客。"

弗里克低头盯着他鼓鼓囊囊的口袋，皱着眉说道："我还以为我们都一贫如洗了呢。"

"呃，本——本来是这样的，"本尼结结巴巴地说道，"直到今天早上……"

"你们没偷有钱路人的钱包吧？"她问道。

"哦，没有。"本尼一边说，一边挥了挥手，表示否定，"绝没干那种事情。"

"那你们的钱是哪儿来的？"弗里克问道。

"嗯……"本尼开始解释起来。

"从天上掉下来的。"霍勒斯突然插嘴道。

"哦，这可能吗？"弗里克怀疑地问道。

"千真万确，"霍勒斯说道，"我给你解释一下哈。"

"好吧，开始吧。"弗里克催促道。

霍勒斯调整了一下他的黑色眼罩，然后清了清嗓子，说道："我们的故事，要从'黑暗船长'和他的好朋友'影子男孩儿'开始说起。当时我们正站在恐怖过山车的黑影里，做着我们自己的事情，突然间，一大堆零钱像下雨一样落在了我们脚边。"

丁零当啷!

咔嚓咔嚓!

叮!

"影子男孩儿"对"黑暗船长"说道：

"黑暗船长"回答道：

所以，他们做了正确的选择，将这些钱币捡了起来，然后放进了"黑暗船长"的口袋里。

"故事就是这样。"霍勒斯说道。

"换句话说，你们这两个讨厌鬼就在恐怖过山车下面等着，知道有人的零钱从口袋里掉了出来，然后你们就开始捡到自己的口袋里，这跟坏蛋小偷有什么区别？"弗里克说道。

"我，呃，也不能这么说吧，"霍勒斯一边说，一边羞愧地看了一眼本尼，"况且，我记得，当时乔波也在过山车上，他口袋里的钱币都是上周从我们这里偷走的！"

"但是，"弗里克并没有被说服，她说道，"你们就没想过把这些钱上交吗？"

"当然了，"本尼随意地说道，"你觉得我们是什么样的超级英雄？我们正准备把钱上交给最近的过山车售票处呢，是不是，霍勒斯？"

"哦，对呀，"霍勒斯说道，"我们正要去最近的售票处呢。"他抬头看了看恐怖过山车的售票处，然后补充道："我们要用这些钱，交换几张亮闪闪的新票……"

弗里克甩了甩手，说道："你们两个真是不可理喻！"

当我们排队买票时，"嘎嘎叫"先生对坐恐怖过山车这件事很是犹豫，不仅仅是因为钱的问题。

"唉，我不能跟你们一起坐了，"他一边说，一边摇了摇戴着头盔的头，"这个车只有四个座位。"

"你可以坐我的座位，"弗里克快速地说道，

"我刚看见安东尼奥·安东尼乌斯正在旁边的艺术馆签名呢。"

我顺着弗里克所说的方向看去，发现在一个黑色的大帐篷里，有一群穿着黑衣的动物围绕在一个时髦的吸血鬼装扮蝙蝠旁（他也穿着黑色的衣服）。

"黑色，黑色，黑色。我确实喜欢黑色！"

"也许他也会给我签名的。"弗里克一边说，一边拿出了她的水彩画册。

"这也是黑色的，"我嘀咕着说道，"就像这地方的其他东西一样，都是黑色的……"

"哦，我能要求安东尼奥用血来签名吗？"霍勒斯用一种恐怖的声音问道。

弗里克翻了一个白眼，说道："虽然安东尼奥·安东尼乌斯是一只吸血蝙蝠，但这并不意味着他是一个恐怖的嗜血怪物。"

"实际上，他就是啊，"霍勒斯说道，"吸血蝙蝠热爱吸血，就像老鼠爱吃派一样。我们都知道，老鼠是有多么爱吃派！"

我正想着要不要提一下小狗有多么爱吃骨头，但是弗里克已经匆忙离开了。

"我们待会儿在糖果摊会合吧，"她边走边说，"我相信你们这些男孩儿会照顾好自己的。"

"哦，得了吧，"霍勒斯抱怨道，"我们又不是小宝宝！"

恐怖过山车

我们等到几只焦虑的考拉买完了票才排到了队的前面。

"你们也想刺激一下吗？"售票处的恐怖小丑含糊不清地说道。

"当然了！"霍勒斯兴奋地说道，"这个恐怖过山车，我都已经坐了不下三十六次了，一次比一次刺激。"

"那挺好啊，"小丑嘀咕着说道，"我个人还是比较喜欢茶杯游乐车。"他指了指他那满是皱纹的

妆容。"这样就不会把我的小丑妆弄花，你们知道我是什么意思吧。"

"才不是呢，"霍勒斯说道，"我又不化妆，而且我太小了，也坐不了茶杯游乐车。"

恐怖小丑耸了耸肩，快速地数了一下我们的人数，然后打开门票抽屉。

"要坐恐怖过山车，你们需要一张成人票，一张学生票和两张儿童票。"他说道。

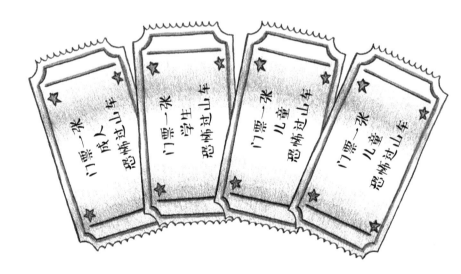

"两张儿童票！"霍勒斯喘着粗气说道，"但我们不是——"

"——不想再浪费您过多的时间了。"本尼说道，然后将一大把钱币放在了售票台上，"请给我们一张成人票、一张学生票和两张儿童票。"

恐怖小丑给了他四张票，然后笑了一下，他的脸上泛起了满脸皱纹。

本尼将一张儿童票递给了霍勒斯，将另一张递给了我，然后小声说道："你这套可爱的睡衣可给我们省了不少钱，淘气鬼！你真应该多穿穿这套衣服。"

我低头看了看我那可笑的毛绒拖鞋，说道："好，说得好像还有下次一样……"

我们爬了很短的一段楼梯，然后就到了"史前巨蟒"那巨大的肚子里，最后来到了恐怖过山车的入口。

"你们确定要坐这个吗？"当上一趟过山车摇摇晃晃地在我们面前停了下来，里面受惊的乘客赶忙爬了出来，"嘎嘎叫"先生问道。

"这可不是你喜欢的那种浪漫之旅，"霍勒斯说道，"但它肯定会使你心跳加速。"

"或者情绪失控吧。"当两个恐怖小丑把我们在车上固定好后，我心想。

霍勒斯和我坐上了第一排，然后本尼和"嘎嘎叫"先生挤在了我们身后的那一排。霍勒斯的钩手碰到了我的肋骨，虽然感觉并不浪漫，但是坐得也还算舒适。

恐怖小丑给我讲了一些安全提示，又补充了一些注意事项。

小丑朝我们做了一个鬼脸，然后发出了一阵邪恶的笑声："哈——哈——哈！"这就是为了给我们

"安全带必须全程系好，直到过山车完全停稳。"

"在过山车行驶过程中，请保证将你的胳膊、腿和尾巴置于车厢内。"

"在遇到紧急情况时，也不要尖叫……"

"……除非你在这之前，本来就在尖叫。如果这样的话，那就继续尖叫吧。"

"哦，还有，如果你吓得尿了裤子或者吐在了衣服上，我们会朝你们做鬼脸，然后发出邪恶的笑声！"

展示一下他们的技能。

"我讨厌这些恐怖小丑，"霍勒斯抱怨道，"他们看起来真……恐怖。"

"祝你们玩得开心！"小丑们齐声说道，然后拉动操纵杆，我们开始动了起来。

"咔嚓咔嚓……"

在铁链的拉动下，过山车开始慢慢升向一个巨大的斜坡顶端。

我们爬得越高，游乐场的全貌就越是清晰可见。糖果摊就在我们的正下方，被一堆老鼠派粉色彩旗覆盖着。从恐怖过山车的高度上面看去，糖果摊就像是一个玩具屋。我刚还发现了在下面艺术馆旁边站着的弗里克，在一群黑点中，她也是一个黑点。

我突然感到一股热浪袭来，我朝前望去，发现我们就快到达火圈附近了。这闪烁着橘色火焰的火圈，让我想起了喷火的龙嘴，而我们正要进入这个嘴内部。

我的鼻子开始感到刺痛，我有种不祥的预感。

"也许，做茶杯游乐车才是个好主意。"我心想。

在我身后，"嘎嘎叫"先生开始紧张得坐立不安起来，他那摇摇晃晃的翅膀把整个车厢都震得摆动了起来。

"坐好了，你这个大笨蛋！"本尼责备起来。

"要不然，你会把自己点燃的！"

"嘎嘎叫"先生嘀咕着什么关于"烤巨嘴鸟"之类的话，然后停止了摇摆，藏在了自己的翅膀内。

当我们穿过火圈时，我感到空气异常灼热，还冒着烟。我挤进车厢里，周围都是燃烧的火焰，我感觉自己像是一个放了过多火辣芥末酱的热狗。

"抓紧了！"当我们到达斜坡顶端时，霍勒斯喊道，"接下来要开始疯狂之旅了……"

当我们开始垂直坠落下去时，霍勒斯的话音逐渐飘远，就像大风天里的一缕烟一样。

我们简直就是在直线下降，这种垂直坠落太可怕了，足以让我们吓得尿裤子的程度。我感觉我的心都提到嗓子眼儿了，我们简直就是在以光速迅速坠落，我的耳朵都被吹到了后面。

霍勒斯尖叫起来，就像是一个女粉丝在男团演唱会上看演出一样叫。而"嘎嘎叫"先生的尖叫声就像是一个女粉丝不小心把男团演唱会的门票冲进了厕所。本尼表现得就像男团里的偶像成员一样，特别冷静和镇定。实际上，当我们朝侏罗纪森林奔去之时，他甚至还唱起了歌：

我和我的兄弟们，
坐着恐怖过山车。

我在后排很淡定，
骄傲又冷静。

我是一点儿都不淡定，我也不知道这有什么可骄傲的。当我们的车经过侏罗纪森林的多叶灌木丛时，好多乘客都尖叫了起来。

一个可怕的霸王龙头骨从灌木丛中冒了出来，

尖叫!

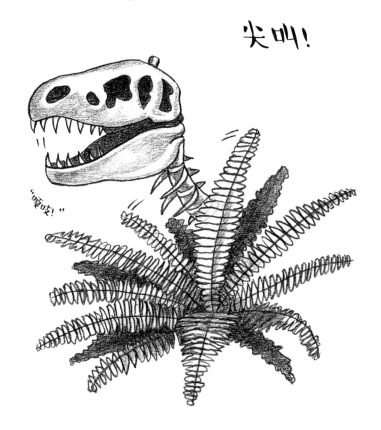

"嘎吱!"

它的大嘴突然咬合了，大家又开始一阵

很快，霸王龙头骨就被换成了一群迅猛龙骨
架，在侏罗纪森林的末端上蹿下跳，就像一群史前
宠物一样。

接下来出场的是翼手龙，它从灌木丛里降落下来，直接从过山车上面跳了过去。

"我的天哪，恐龙骨架！"霍勒斯惊呼道，并用他的钩手保护着头部，"这些家伙一年比一年吓人。"

我们从森林中出来后，就爬上了一座白雪皑皑的雪山。有一座巨大的风车在一旁转着，将寒冷的风和假的雪花吹向我们。

我的牙齿开始打颤，假的雪花片黏在了我的毛发里。仅十秒钟的工夫，我就从一个热狗，变成了一个冰激凌。不愧是快餐啊。

我们爬向暴风雪山山顶，沿途经过了陡峭的山峰，冰河世纪的动物蹲在那里，翘首以盼。当然了，这些动物都是模型，但是剑齿虎还会张开嘴巴，然后大喊一声，让人脊背发凉！

看到这一幕，即便是本尼那么淡定的家伙，都

嗷呜!

尖叫了一声。

不得不承认，这些恐怖小丑确实很会布置过山车，能够制造出很恐怖的效果。

我们才刚从冰河世纪的恐怖动物中缓过来，又一头钻进了黑暗的可怕洞穴中。我看到在山洞顶上，悬挂着一大群橡胶蜘蛛和红眼蝙蝠。过山车开始在山洞中一圈圈地转动，整个山洞变得一片漆黑。

过山车在快速转动，我很快失去了方向感。我

"吱吱！"

257

转得眩晕起来，连石头和石笋都分不清了，更别提洞顶和地面了。它不上升，也不下降，就是不停地在原地转圈。

从后座传来的干呕声来看，我猜想，本尼此刻估计很后悔没有参加我们的旋转练习吧。

在隧道的尽头，灯光逐渐亮了起来。紧接着，以迅雷不及掩耳之势，旋转的过山车突然停了下来，我们闯入了一片阳光中。

"嘎吱，嘎吱……"

我的大脑还在眩晕状态，我向前望去，看到令人眩晕的三圈弯道就在我们的正前方。我怀疑，我连一圈都转不了，就会晕得不行了，更别提三圈了，我肯定会大吐特吐的。

"拉下手刹，让我下去！""嘎嘎叫"先生尖叫道。

但是，这上面并没有手刹，即便有，我也不会去拉的。因为我虽然不是科学课优等生，但我也知道，要想安全通过三圈弯道，就必须用最快的速度。

"头向后靠！抓紧了！"霍勒斯大喊道。

我照他说的做了。

当我们以光速一般绕过了第一圈时，我感到我的眼睛都快跑到后脑勺了。还没等我反应过来，我们已经在下面了。

"呜呼！"霍勒斯兴奋地喊道，"这种体验才是最刺激的！"

"至少还有一个人觉得有趣。"我呻吟着说道，努力使自己不吐出来，我已经吓得尿裤子了，并且感到眼前一片黑。

当"嘎嘎叫"先生的头盔在他眼前"砰"的一声关上时，发出了一声金属般的巨响。

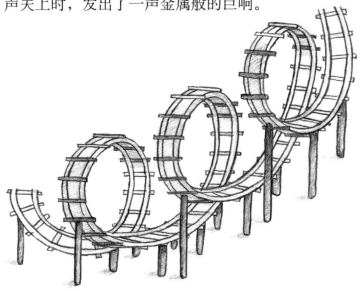

还没等我们使他冷静下来，我们已经在去往第
二圈的路上了。

第二圈比第一圈速度还要快。"嘎嘎叫"先生

开始在后座挣扎起来，把整个车厢弄得摇来摇去。

本尼发出一阵难受的干呕声，紧接着，一大串黄乎乎的东西从他口中吐了出来。我估计他是吃了不少香蕉。

两秒钟后，我们又准备通过第三圈弯道。

霍勒斯兴奋起来，"嘎嘎叫"先生尖叫起来，又有一股黄色的液体从本尼口中喷涌而出。不幸的是，他忘记了侧着身子吐，有一半浇到了我头上，另一半流到了我的腿上。

我突然明白了为什么过山车的最后一站是一道瀑布：这样就省得那些恐怖小丑来清理现场了。

"就再等几秒钟吧，"当我们经过毒蛇弯道时，我告诉自己说，"过山车马上就要到终点了……"

如果有这么简单就好了。

我用余光看见"嘎嘎叫"先生把翅膀举过了头顶。

我们都没能阻止住他，他开始拼命地上下挥舞着翅膀，想要飞起来，但是座椅上的安全带紧紧地绑住了他，他的头盔还遮住了他的眼睛。

"快坐下，你这只疯鸟！"霍勒斯大喊道。

但是，当过山车经过毒蛇弯道时，"嘎嘎叫"先生并没有听他的话好好坐着。不可思议的事情发生了，过山车并没有沿着毒蛇弯道的轨道运行，而是升了上去，向半空中飞去。

下降，下降，下降！

我总是梦想着能飞起来，但不是这样飞起来，我被困在过山车的前座上，身上还有本尼吐出来的香蕉。

更无语的是，本尼就在这时吐了第三次，把我的后背都浸湿了。

我敢肯定，霍勒斯如果不是此时正在大声尖叫的话，他肯定会嘲笑我这件满是香蕉的睡衣的，他叫得就像一个女粉丝看到自己心爱的男团解散了一样："不——这不可能！"

抱歉了，霍勒斯，但这是真的。

在偏离轨道的过山车坠落之前，我们只有十秒钟时间，不然的话，它就会撞在茶杯游乐车上，然后我们四个人就会被摔成馅儿饼。

如果我不是正忙着找游乐场里一个柔软的地面着陆，我肯定会跟霍勒斯一起大叫起来的。

在这些旋转着的茶杯车前面，我看到了我想要的地面。

"接着拍翅膀！"我对着"嘎嘎叫"先生大喊道，"接着拍，不然我们就要没命了！"

巨嘴鸟意识到了事情的严重性，开始加速拍打翅膀，近乎疯狂一般。

"拍打！""拍打！""拍打！"
"拍打！""拍打！""拍打！"

转瞬之间，我们不再朝着茶杯游乐车的方向飞行，而是直接从其上空飞了过去。

过山车开始以极快的速度降落，但至少我们的墓碑上不会这样写：

安息吧！
在茶杯车旁
的逝者。

　　我本来还很放心，结果突然发现"嘎嘎叫"先生的翅膀拍得用力过猛，使我们飞离了目标降落地点，朝着一面攀岩墙径直飞去。

　　"在攀岩墙上的逝者，"我倒吸了一口冷气，心想，"这也不是一种好的死法……"

　　很显然，必须要有人出面立刻采取行动。

　　在后座上，本尼除了呕吐，似乎什么都做不了，霍勒斯还在尖叫着："不不不不……"

　　像往常一样，又轮到了我来收拾残局。

　　我晃动着我那满是香蕉的胳膊，按下了在我身后的控制按钮，打开了"嘎嘎叫"先生的安全带。

　　"现在弹出！"我大喊道。

　　随着一声尖锐的"咔嚓"声，安全带被解开

266

了，巨嘴鸟腾空而起，而我们像自由落体一样，向游乐场的地面坠落下去。

"我的天哪！"霍勒斯惊叫道，他一下清醒了过来，朝我们下面的一排老鼠派粉色彩旗的方向，挥舞起他的钩手，说道："'猪排教授'肯定不会原谅我们的！"

我一低下头，就看到了淘气鬼学校的帐篷顶部，希望这三吨海绵蛋糕和一堆鲜奶油能够给我们缓冲，让我们不至于摔死。

"要么死在教授手里，要么死在一堆奶油泡芙里。"我大喊道，试图在重力的作用下撑住自己的身体。"抓紧了，我们正在快速下降！"

在过山车撞向帐篷顶部的前一秒，我看到"猪排教授"从糖果摊里面跳了出来，他也知道，这局面已经无法挽回了。

帐篷上的帆布伸展了开来，就像跳跳床一样，在重力的作用下弹了起来，紧接着，过山车就将布料撞破了，整个帐篷在我们周围坍塌了下来。

接下来发生的事情，我已经记不清了，我只记得一大片糊状的甜品，然后就是几声巨响：

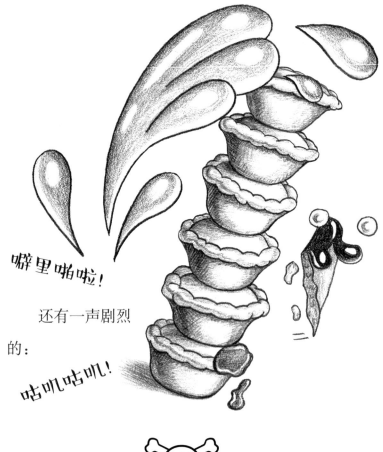

噼里啪啦！

还有一声剧烈的：

咕叽咕叽！

奶油蛋糕和杏仁饼干，
果酱馅儿饼和姜饼人面包，
全都被挤压成了一团糨糊。
　　一大股鲜奶油被挤压得飞
溅到空中，并粘在了沿途的所有物品上。

饼干
都碎裂了!
糖块
都炸开了!
面包圈
也变形了!

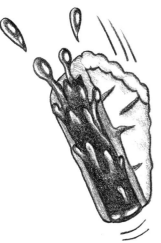

　　甚至一个漂亮的婚礼蛋糕，上
面还有迷你的新郎和新娘模型，也
被压成了两半。
　　"这可不是个好兆头。"

"心碎了!"

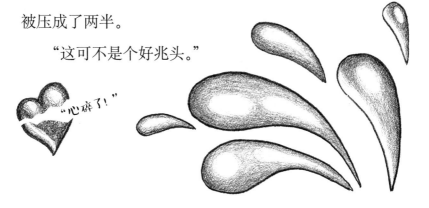

随着最后的一声巨响——"砰"，过山车停在了一个巨大的六层蛋糕下面，蛋糕先是晃了晃，然后就倒了下来，砸到了我们的头顶上。

"哎呦！"霍勒斯尖叫道，把一根生日蜡烛从眼睛里拔了出来，"这可真疼！"

我等了一会儿，直到这些奶油不再流了，然后呻吟着说道："大家都还好吧？"

"还好还好。"本尼一边说，一边环顾了一周，帐篷里一片狼藉，都是白花花的东西，"要不然，就是我到了糖果天堂。"他舔了一口项链上的黄色糖霜，说道，"嗯，还是香蕉口味的。"

霍勒斯挣扎着从他的座椅上面起来，正好用他的钩手将蛋糕顶部切开了。

他看了看被他切成两半的蛋糕，皱着眉说道："哎哟，我碰到了婚礼蛋糕。这是不是意味着，我要亲一下身边的姑娘？"

"不用，这又不是你的婚礼蛋糕。"本尼回答道。

"哦，那太好了。"霍勒斯一边说，一边用他那

271

沾满蛋糕的钩手指着入口处，"格伦尼斯·古根胡佛正朝这边走来，她肯定不想被亲。"

这位艺术家转行蛋糕装饰师，亲眼看着自己制作的大蛋糕变成了一摊烂泥。

霍勒斯盯着她僵硬的身体，问道："我的天哪！这只老山羊是受了我们的刺激吗？"

"不是的，"本尼一边说，一边推了一下格伦尼斯，"她只是冻僵了。只要有一位帅气的白马王子，就能把她吻醒。"

"吱吱吱吱！"

"呃呃呃呃呃呃……"霍勒斯一边说，一边爬下车厢，赶忙离开，"感谢上天，我不是王子。快走吧，趁其他生气的厨艺爱好者来找我们算账前，我们得赶紧离开这儿。"

"我——我觉得，我们已经来不及了，霍勒斯！"我一边说，一边看着这一堆被毁坏的蛋糕作品，还有外面围着的一群人。

霍勒斯吓得一动不敢动。

"快出来。

出来自首吧。

你们这群蛋糕破坏者！"

有人大喊道。

"你们赔我的

果酱馅儿饼！"

又有人喊起来。

"把我的树莓面包

还给我！"

又一个声音怒吼道。

"冷静一下，冷静一下，""猪排教授"说道，他的胳膊里紧紧地夹着那罐火山跳跳糖，"事情没有那么糟糕。"

"胡说，这就是一场蛋糕大破坏！"

一个愤怒的声音喊道。

"我们要复仇！"

"拜托了，善良的镇民们。"教授一边说，一边在入口处挡着一群愤怒的厨艺大赛参赛者，"我知道你们很愤怒，但这不是解决问题的办法。给我一分钟，让我进里面跟他们谈谈，我保证把事情解决。"

"只给你五秒钟，"有人大喊道，"我们只给你五秒钟。"

"太荒唐了，五秒钟怎么够我跟他们交谈？"教授生气地说道，"我连一句话都说不完，比如'你们这些淘气鬼，这次可惹下大大大大大大大……麻烦了。'"

"那好吧，只给你五十五秒钟，"这个声音回答道，"但是你必须在一分钟之内完成。"

"哦，好的。""猪排教授"一边说，一边大步走进了帐篷里。

和解

"猪排教授"从一堆鲜奶油中艰难地走了过来，这就花了三十秒钟，然后又从"海底章鱼"欧文做的一堆面包圈中，把他的水桶腿拽了出来，这又花去了二十秒钟。

"我的天哪，"当他看到里面乱糟糟的一番景象时，他说道，"你们这群惹麻烦鬼，就会制造破坏。怪不得整个鲨齿岛的人，都在要你们赔偿！"

"如果您帮我们在前门分散一下大家的注意力，我们能从后门逃走吗？"霍勒斯问道。

"这办法早就不可行了，"教授一边说，一边指着后门聚集起来的一群厨艺爱好者们，"他们已经把这个糖果摊包围起来了。"

"讨厌的厨艺参赛者，就像发霉的派！"霍勒斯抱怨道。

"目前这种局面，只有一种解决办法，"教授一边说，一边拿起一个沾满果酱的参赛表格，"我们的大赛规则是这样的：

最后的结果，
将由评委决定。

如果我们能在这一堆猪食一样的甜品里，找出一位合理的获胜者，大家就会接受这个事实，也就不再找你们麻烦了。你们应该还没来得及试吃这些参赛作品吧？"

本尼拿起一块奶油面包圈，上面既有巧克力，又有软糖，又有坚果，混合着焦糖味、水果味、胡萝卜味、果酱味还有饼干味，全部卷在了一起，塞进了嘴里。

"我们现在试吃过了。"他一边说，一边拼命地咀嚼着，"啊啊啊！这混合口味不怎么好吃，吃起来像是牛粪的味道。"

"这种情况下，根本就找不出获胜者嘛。"霍勒斯一边抱怨，一边挥着他的钩手，指向整个糖果摊，"这里就没有一块完好的蛋糕，不是被压扁了，就是被挤碎了，而且还全被奶油覆盖了。更别提巧克力片曲奇的状况了。"

"这里也许还有一个参赛作品是完好的。"我一边说，一边回忆起当天早上看到的场景。

"你不会是说'大嘴怪'乔波的石头蛋糕吧？"霍勒斯恐惧地说道。

"不是的，我很肯定，那些石头蛋糕已经被压得粉碎，就在诺拉的胡萝卜味杏仁饼塔下面。"我说道，"而且，还有一块，可能在本尼的嘴里。"

278

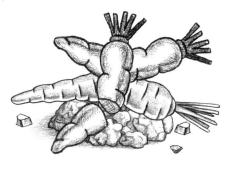

本尼赶忙吐出了正在嚼的食物，说道："呃呃呃啊，太恶心了！"

我集中精神，转向教授，问道："'慢性子'萨缪尔交了他的参赛作品了吗？"

"我印象中没有，"教授挠了挠头，说道，"萨缪尔可是著名的慢性子，一般都是最后一分钟才交上作业，简直跟树懒一样慢。"

"那他还有机会上交他的作品吗？"霍勒斯问道。

教授拿出了一个小巧的铜怀表，说道："现在是九点五十八分。我们还有最后两分钟，就要开始进行大赛评审了。"

"那就意味着，我们只有两分钟时间找出那只慢性子的树懒，然后把它拖到这个帐篷里。"霍勒斯说道。

"这么短的时间，去哪里找他啊？"本尼说道。

"这不吗，奇迹出现了！"我兴奋地喊道，"快看呐！"

我向着人群的方向指去，那里有一个灰色的大树懒，正慢慢地朝我们走来，速度真的是特别慢。在他的手里，捧着一块普通的粉色蛋糕。

"哎呀，太好了，我差点儿就要变成一块培根了！""猪排教授"说道，"萨缪尔提前了两分钟到来，这真是创下了树懒界的纪录了。"

"快点儿，咱们赶紧看看他做的是什么。"霍勒斯一边说，一边朝糖果摊前门跑去。

我紧随霍勒斯身后，差点儿被一块芝士蛋糕和一堆奶油蛋挞绊倒。

"我们还想着利用糖果摊赚点儿钱呢，"我心想，"还是放弃这种想法吧。"

我走了出去，发现"慢性子"萨缪尔站在诺

拉·尼布尔斯沃斯和"海底章鱼"欧文旁边，从人群中走了过来。

萨缪尔看起来很困倦。欧文戴着一副黑色的武士面具，或许那就是一副泳镜。当然了，说到潮流，我确实是一窍不通。诺拉戴着一枚黑色徽章，上面写着："最棒的兔子必胜！"

天哪，这只兔子倒是挺有信心的。

"我……想……参……加……"萨缪尔开始用极慢的语速说道，但是他已经尽力了。

教授看了一眼萨缪尔手里的蛋糕，激动得简直都要尿裤子了。"太棒了！"他大喊道，"这简直是一个杰作！我从没看到过如此美丽的作品。这块蛋糕简直就是蛋糕界的蒙娜丽莎，建筑界的泰姬陵。"他还没来得及跟其他评委商量，就宣布道："我们已经找到了获胜者！"

人群中响起了一阵不太情愿的掌声，他们都觉得自己的作品会获胜。诺拉·尼布尔斯沃斯气愤地将她的徽章扔到了地上，失落地踩了起来，差点儿踩到了欧文的触角。

幸运的是，当"猪排教授"用他的那罐火山跳跳糖来交换萨缪尔手里的粉色蛋糕时，大家都控制住了失落的情绪。

萨缪尔赶忙打开盖子，从罐子里面拿出了一颗蓝莓爆炸口味跳跳糖，品尝了起来。他花了整整三十秒钟，才把糖放进嘴里。

然后才一秒钟的工夫，他就被爆到了游乐场的另一边。不幸的是，可怜的萨缪尔还没来得及把盖子盖上，罐子里的火山跳跳糖被炸飞了，空中到处都是！

厨艺爱好者人群疯狂地追了过去，挤成一团，都想抓住降落下来的糖果。

看着四散开来的人群，我发现"大嘴怪"乔波和他的两个小跟班儿正在盯着我看。显然，他似乎并不在乎"慢性子"萨缪尔获得了冠军，却因为我没有吃到他的石头蛋糕，让他很是气愤。

我假装没有看见他，然后把我的注意力转移到了蛋糕上。

"下一次，
麦克斯鲁夫……"

怪不得萨缪尔会获胜。这个蛋糕是一只帅气的
猪脸形状，上面有粉色的糖霜，还有一根蛇形蜡烛
作为猪的鼻环，还用棉花糖做了眼睛。

"我会小心保管的。"教授一边说，一边出神地
看着他的肖像作品，"嗯，我还是想尝尝……"

看着教授正在欣赏自己的肖像，而那些参赛者
都在争着抢糖果，我们悄悄地离开了。

"我们最好赶紧找到弗里克，然后离开这里，
最好别等到乔波报告给校长我们的这次筹款行动彻
底失败。"霍勒斯说道，这时，我们正好经过"薯
条爱好者"身边，他和他的海鸥伙伴们正在吃着热
薯条。

这只鸟提醒了我，我们团队中还有一位伙伴。

"你们觉得'嘎嘎叫'先生这会儿怎么样了？"
我一边问，一边朝天空中看去。

"哦，我才不会担心他呢，"我身后传来一个
声音，说道，"我看到他正在船上享受浪漫时光

呢——里面全是蜡烛，欢声笑语的，某个巨嘴鸟姑娘好像对他在恐怖过山车上的表现印象深刻。"

我们转过身去，看到害怕坏天气的费莉希蒂朝我们大步走来，胳膊下面还夹着一幅巨幅油画。

"你出现得真是时候。"霍勒斯抱怨道。

"你是买了一幅安东尼奥·安东尼乌斯的画作吗？"本尼问道。

弗里克低头看了看油画，然后摇了摇头，说道："哦，不是的，我也买不起他的大作。这是我的艺术大赛参赛作品。"

"但我还以为，你没时间作画呢。"我疑惑地说道。

"是啊，"弗里克承认道，"但是，在我等待安东尼奥·安东尼乌斯的签名时，突然有了一丝灵

感。"

"什么灵感？"本尼问道。

"就是那种高空坠落主题，"弗里克眨了眨眼，说道，"幸运的是，鲨齿岛的艺术协会正在举办一个绘画展览，他们有一个空白的画布，我正好可以用。也要感谢格伦尼斯·古根胡佛，是她退出了艺术大赛，转行为一名蛋糕装饰师，我才有了机会。"

"所以，当我们浑身都是奶油和香蕉呕吐液时，你正在那里作画？"霍勒斯酸酸地说道，"希望你画得开心。如果冯铁心校长把我们开除，然后送我们去南极洲后，你就没时间作画了。"

"放松点儿，"弗里克随意地说道，"我觉得，校长不会开除我们了。"

"真的吗？"我说道，"他真的不会开除我们了吗？"

"对啊，反正今天应该不会了，"弗里克说道，"让我解释一下吧。当我有了灵感之后，我决定把我画的作品拿去参加艺术大赛，我想赌一把，看看安东尼奥·安东尼乌斯会不会喜欢我的猫咪灾难风——晕船系列艺术作品。"她停顿了一下，说道，"你们猜怎么着？"

"怎么着？"我问道，虽然我已经看到了弗里克脸上难以掩饰的喜悦表情。

"他很喜欢我的作品！"她尖叫道，"他特别喜欢，他让我拿了冠军！"

"可以呀，弗里克。"本尼一边说，一边举起他那满是奶油的手掌，想跟弗里克击掌。

弗里克看了看他黏糊糊的手掌，没有跟他击掌。

"所以，你的奖品是什么？"霍勒斯问道，"是一堆黑色的绘画作品吗？还包在了一个黑色蝴蝶结礼盒里？"

"不是的，霍勒斯，"弗里克说道，"比那个更让人兴奋。"

"你的意思是，两堆黑色的绘画作品吗？"霍勒斯问道。

弗里克翻了一个白眼儿，说道："奖品就是，我们可以获得一次由安东尼奥·安东尼乌斯所设计的房屋重新整修机会。我们指的是，整个房屋的重新装修，包括豪华的毛绒地毯、高级定制的家具、挂画、灯罩、墙纸、厕所装饰，甚至还有泥巴浴缸！"

"但你也没有房子啊，"霍勒斯疑惑地说道，"而且你又不喜欢泥巴浴缸。"

弗里克又翻了一个白眼儿，说道："是的，霍勒斯，所以安东尼奥·安东尼乌斯答应我帮助我们重新装修办公室和实验室。"

"但你又没有办公室或实验室——"霍勒斯说着说着突然就停住了。他看到弗里克指着淘气鬼学校的方向。"哦……我明白了。你说的是校长办公室。"

弗里克继续说道："多

亏了安东尼奥·安东尼乌斯，冯铁心校长很快就会拥有一间鲨齿岛上最具潮流的办公室，而且是黑色主题的。'猪排教授'的新科学实验室，会让那些大科学家们都嫉妒的。"

"我想，我们终于不用被开除了，也不用去南极洲了。"我释然地长出了一口气。

"太棒了！"霍勒斯大喊道，"我们应该再坐一次恐怖过山车来庆祝一下。"

"我，呃……不觉得这是个好主意，"本尼一边说，一边捂着他难受的胃，"除非你还想让我吐更多在你身上。"

"不了吧，在春天游乐场上，我已经看够了这些香蕉黏液了，"我眨了眨眼，说道，"也许，我们应该让弗里克选择玩什么。毕竟，她一个人救了我们所有人啊。"

"我并不是一个人救了你们所有人。"弗里克一边说，一边将她的大作拿起来，给我们展示了出来，"画虽然是我画的，但是我的灵感，来自于……"

小困狗的噩梦
作者: 害怕坏天气的费莉希蒂